소중한 _____님께

별을 잊고 사는 우리 삶에 한 편의 시가

지친 삶의 응원가가 되었으면 합니다.

_____ 드림

한국인이 가장 사랑하는

애송시 100선

한국인이 가장 사랑하는
애송시 100선

초판 1쇄 인쇄 | 2022년 12월 7일
초판 1쇄 발행 | 2022년 12월 14일

엮은이 | 채 빈
펴낸이 | 박영욱
펴낸곳 | 북오션

경영지원 | 서정희
편 집 | 고은경·조진주
마케팅 | 최석진
디자인 | 민영선·임진형
SNS마케팅 | 박현빈·박가빈

주 소 | 서울시 마포구 월드컵로 14길 62 북오션빌딩
이메일 | bookocean@naver.com
네이버포스트 | post.naver.com/bookocean
페이스북 | facebook.com/bookocean.book
인스타그램 | instagram.com/bookocean777
유튜브 | 쏠쏠TV·쏠쏠라이프TV
전 화 | 편집문의: 02-325-9172   영업문의: 02-322-6709
팩 스 | 02-3143-3964

출판신고번호 | 제 2007-000197호

ISBN 978-89-6799-715-1 (03810)

한국인이 가장 사랑하는

애송시 100선

채빈 엮음

북오션

✦
머
리
말
✦

한국인이라면 윤동주의 〈서시〉 '죽는 날까지 하늘을 우러러 한 점 부끄럼이 없기를'이나 김소월의 〈진달래꽃〉 '나 보기가 역겨워 가실 때에는 말없이 고이 보내드리오리다'의 시구 정도는 다들 자연스럽게 암송할 수 있을 것이다.

어떻게 암송할 수 있을까? 이는 교과서와 노래에 힘입었기 때문이다. 우리가 학창 시절 배우는 국어 교과서에서는 시, 소설, 수필, 희곡 등 문학작품이 수록되어 있는데 요즘 말로 국민 시, 국민 소설, 국민 수필인 셈이다. 청소년기 정서 함양과 정서적 발달에 좋은 작품으로만 엄선했겠지만, 좌우 이념의 정서가 작가들의 치우침 없는 대표적인 작품들만 선정되었을 것이다. 물론 받아들이는 학생들은 시험에 나오는 구문으로 이해하고 배우겠지만 나중에 이렇게 강제적으로 공부했기에 기억에 남는 것인지도 모른다. 김소월 시인의 50편이 넘는 작품이 노랫말이 되어 노래로 불리고 있다.

앞에서 언급한 김소월 시인의 〈진달래꽃〉은 가수 마야가 노래로 불러 대중들에게 더 널리 알려졌다. 학창 시절 이발소에 머리를 자르러 가면 푸시킨의 〈삶이 그대를 속일지라도〉가 거울 옆에 붙어 있었다. 성인이 되어서도 종종 이발소에 가면 이 시를 볼 수 있었다.

시는 우리 삶의 곁에 있다. 선택의 갈림길에 있을 때 우리는 로버트 프로스트의 〈가지 않은 길〉을 읊조리는 자신을 발견할 것이다. 이처럼 시는 교과서나 노래로 혹은 일상에서, 버스 광고판 글귀로, 삶의 메신저로 자리매김하고 있다.

《한국인이 가장 사랑하는 애송시 100선》은 얼마 전 편저한 《한국인이 가장 사랑하는 명시 100선》과 비슷하지만

다르다. 명시는 그야말로 명저처럼 훌륭한 시를 말한다. 명시가 공적인 느낌이라면, 애송시는 사적인 느낌이 강하다. 그래서 향가인 〈황조가〉가 등장하고, 황진이의 〈동짓달 기나긴 밤을〉, 이순신 장군의 〈한산섬 달 밝은 밤에〉 등이 등장한다.

특히 〈한산섬 달 밝은 밤에〉는 초등학생 때 단체 관람으로 이순신 관을 갔을 때 그 시를 봤던 걸 기억할 것이다. 그 당시에는 몰랐지만, 후일 질투심투성이인 선조 임금과 풍전등화에 처한 모국의 위기에서 갈등하던 이순신의 심정이 담담하게 녹아들어 있는 것이다. 또한 1980년대 중반까지 서슬 퍼런 군부독재 치하에서 민주화를 외칠 때 브레히트의 〈살아남은 자의 슬픔〉은 민주화에 희생된 열사들에 대한 미안함과 투쟁의 의지를 다짐하는 시로 암송되기도 했다.

시란 본래 노래였다고 하지 않은가. 시는 짧지만 때로는 한 권의 소설보다 깊은 울림을 가지고 있다. 코로나19가

계속 변이 바이러스로 진화하면서 우리 삶의 질을 떨어뜨리고 있다. 갈수록 비대면이 강화되는데 이런 고립된 자아는 우울증과 무기력에 빠질 수 있다. 서로 만나 대면하면서 활력을 찾는 것도 삶을 잘 영위하는 방법일 텐데…….

언제 끝날지 모를 코로나 팬데믹의 위기에서 시를 읽고 암송하고 흥얼거려보면 어떨까? 흥얼거리다 보면 갑갑한 마음도 조금은 가벼워지지 않겠는가? 하늘의 별이 대기오염으로 가려지는 것처럼 시가 외면받는 사회는 순수성을 상실하는 시대와 사회일지도 모른다. 한 편의 연애 시가, 한 편의 정치 저항시가 모두 잠든 밤에 새벽을 여는 닭의 울음처럼 잃어버린 인간의 초심을 일깨우는 촉매제가 되었으면 한다.

2022년 가을
채빈

7

◆ 차례 ◆

1
월

염
소
자
리

서시

윤동주

죽는 날까지 하늘을 우러러
한 점 부끄럼이 없기를,
잎새에 이는 바람에도
나는 괴로워했다.
별을 노래하는 마음으로
모든 죽어가는 것을 사랑해야지.
그리고 나한테 주어진 길을
걸어가야겠다.

오늘 밤에도 별이 바람에 스치운다.

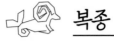

복종

한용운

남들이 자유를 사랑한다지마는
나는 복종을 좋아하여요.

자유를 모르는 것은 아니지만
당신에게는 복종만 하고 싶어요.

복종하고 싶은데 복종하는 것은
아름다운 자유보다도 달콤합니다.
그것이 나의 행복입니다.

그러나 당신이 나더러 다른 사람을 복종하라면
그것만은 복종을 할 수가 없습니다.

다른 사람을 복종하려면
당신에게 복종할 수 없는 까닭입니다.

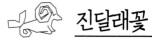

진달래꽃

김소월

나 보기가 역겨워

가실 때에는

말없이 고이 보내 드리오리다.

영변(寧邊)에 약산(藥山)

진달래꽃

아름 따다 가실 길에 뿌리오리다.

가시는 걸음 걸음

놓인 그 꽃을

사뿐히 즈려 밟고 가시옵소서.

나 보기가 역겨워

가실 때에는

죽어도 아니 눈물 흘리오리다.

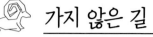# 가지 않은 길

노란 숲속에 두 갈래 길이 있었습니다.
나는 두 길을 다 가지 못하는 것을
안타깝게 생각하면서
오랫동안 서서 한 길이 굽어 꺾여 내려간 데까지,
바라다볼 수 있는 데까지 멀리 바라다보았습니다.

그리고 똑같이 아름다운 다른 길을 택했습니다.
그 길에 풀이 더 있고 사람이 걸은 자취가 적어
아마 더 걸어야 될 길이라고 나는 생각했던 겁니다.
그 길을 걸으므로 그 길도 거의 같아질 것이지만.

그날 아침 두 길에는
낙엽을 밟은 자취는 없었습니다.
아, 나는 다음날을 위하여
한 길은 남겨 두었습니다.

길은 길에 연하여 끝없으므로
내가 다시 돌아올 것을 의심하면서……

먼먼 훗날에 나는 어디선가
한숨을 쉬며 이야기할 것입니다.
숲속에 두 갈래 길이 있었다고,
나는 사람이 적게 간 길을 택하였다고,
그리고 그것 때문에 모든 것이 달라졌다고.

삶이 그대를 속일지라도

알렉산드르 푸시킨

삶이 그대를 속일지라도
슬퍼하거나 노하지 말라.
슬픈 날엔 참고 견디라.
즐거운 날이 오고야 말리니

마음은 미래를 바라느니
현재는 한없이 우울한 것
모든 것 하염없이 사라지나
지나가 버린 것은 그리움이 되리니

삶이 그대를 속일지라도
노하거나 서러워하지 말라.
절망의 나날 참고 견디면
기쁨의 날 반드시 찾아오리라.

마음은 미래에 살고
현재는 언제나 슬픈 법
모든 것은 한순간 사라지지만
가버린 것은 마음에 소중하리라.

삶이 그대를 속일지라도
슬퍼하거나 노하지 말라.
우울한 날들을 견디며 믿으라.
기쁨의 날이 오리니

마음은 미래에 사는 것
현재는 슬픈 것
모든 것은 순간적인 것, 지나가는 것이니
그리고 지나가는 것은 훗날 소중하게 되리니

삶이 그대를 속일지라도
슬퍼하거나 노하지 말라.
설움의 날을 참고 견디면
기쁨의 날이 오고야 말리니

목마(木馬)와 숙녀

박인환

한 잔의 술을 마시고
우리는 버지니아 울프의 생애와
목마를 타고 떠난 숙녀의 옷자락을 이야기한다.
목마는 주인을 버리고 거저 방울 소리만 울리며
가을 속으로 떠났다. 술병에서 별이 떨어진다.
상심한 별은 내 가슴에 가볍게 부서진다.
그러한 잠시 내가 알던 소녀는
정원의 초목 옆에서 자라고
문학이 죽고 인생이 죽고
사랑의 진리마저 애증의 그림자를 버릴 때
목마를 탄 사랑의 사람은 보이지 않는다.
세월은 가고 오는 것
한때는 고립을 피하여 시들어 가고
이제 우리는 작별하여야 한다.
술병이 바람에 쓰러지는 소리를 들으며

늙은 여류 작가의 눈을 바라다보아야 한다.

……등대……
불이 보이지 않아도
그저 간직한 페시미즘의 미래를 위하여
우리는 처량한 목마 소리를 기억하여야 한다.
모든 것이 떠나든 죽든
그저 가슴에 남은 희미한 의식을 붙잡고
우리는 버지니아 울프의 서러운 이야기를 들어야 한다.
두 개의 바위틈을 지나 청춘을 찾은 뱀과 같이
눈을 뜨고 한 잔의 술을 마셔야 한다.
인생은 외롭지도 않고
그저 잡지의 표지처럼 통속하거늘
한탄할 그 무엇이 무서워서 우리는 떠나는 것일까.
목마는 하늘에 있고

방울 소리는 귓전에 철렁거리는데

가을 바람 소리는

내 쓰러진 술병 속에 목메어 우는데—.

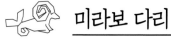

미라보 다리

기욤 아폴리네르

미라보 다리 아래 세느 강이 흐르고
우리들의 사랑도 흘러간다.
그러나 괴로움에 이어서 오는 기쁨을
나는 또한 기억하고 있나니,

밤이여 오라 종이여 울려라,
세월은 흐르고 나는 여기 머문다.

손에 손을 잡고서 얼굴을 마주 보자.
우리들의 팔 밑으로
미끄러운 물결의
영원한 눈길이 지나갈 때
밤이여 오라 종이여 울려라,
세월은 흐르고 나는 여기 머문다.

흐르는 강물처럼 사랑은 흘러간다.
사랑은 흘러간다.
삶이 느리듯이
희망이 강렬하듯이

밤이여 오라 종이여 울려라,
세월은 흐르고 나는 여기 머문다.

날이 가고 세월이 지나면
가버린 시간도
사랑도 돌아오지 않고
미라보 다리 아래 세느 강만 흐른다.

밤이여 오라 종이여 울려라,
세월은 흐르고 나는 여기 머문다.

# 향수

정지용

넓은 벌 동쪽 끝으로 옛이야기 지줄대는
실개천이 휘돌아나고 얼룩백이 황소가
해설피 금빛 게으른 울음을 우는 곳
그곳이 차마 꿈엔들 잊힐 리야!

질화로에 재가 식어지면, 비인 밭에 밤바람 소리
말을 달리고 엷은 졸음에 겨운 늙으신 아버지가
짚벼개를 돋아 고이시는 곳
그곳이 차마 꿈엔들 잊힐 리야!

흙에서 자란 내 마음, 파란 하늘빛이 그리워
함부로 쏜 화살을 찾으러, 풀섶 이슬에
함추름 휘적시던 곳
그곳이 차마 꿈엔들 잊힐 리야!

전설 바다에 춤추는 밤물결 같은

검은 귀밑머리 날리는 어린 누이와

아무렇지도 않고 예쁠 것도 없는,

사철 발 벗은 아내가

따가운 햇살을 등에 지고 이삭 줍던 곳

그곳이 차마 꿈엔들 잊힐 리야!

하늘에는 성근 별, 알 수도 없는 모래성으로

발을 옮기고, 서리 까마귀 우지짖고 지나가는

초라한 지붕 흐릿한 불빛에 돌아 앉아

도란도란거리는 곳

그곳이 차마 꿈엔들 잊힐 리야!

2
월

물
병
자
리

♒

지옥에서 보낸 한 철

아르튀르 랭보

옛날, 내 기억이 정확하다면, 내 삶은 모든 사람이 가슴을 열고 온갖 술들이 흘러 다니는 하나의 축제였다.

어느 날 저녁 나는 미(美)를 내 무릎에 앉혔다.
— 그러고 보니 지독한 치(痴)였다 — 그래서 욕을 퍼부어 주었다.
나는 정의에 항거하여 무장을 단단히 했다.
나는 도망했다. 오! 마녀여, 오! 불행이여, 오! 증오여, 내 보물을 나는 너희에게 의탁했다.

나는 내 정신 속에서 인간이 가질 수 있는 온갖 희망을 사라지게 하기에 이르렀다. 그 희망의 목을 비트는 데 즐거움을 느껴, 나는 잔인한 짐승처럼 음험하게 뛰었다.
나는 죽어 가면서 그들의 총자루를 물어뜯으려고 사형집행인을 불렀다. 나는 피와 모래에 범벅이 되어 죽기 위해

재앙을 불렀다. 불행은 나의 신이었다. 나는 진창 속에서 쓰러졌다. 나는 죄의 바람에 몸을 말렸다. 나는 광대를 잘 속여 넘겼다.

봄은 나를 향해 백지처럼 무시무시한 웃음을 웃었다.

그런데 요즘 마지막 껄떡 소리를 낼 찰나에, 나는 옛날의 축제를 다시 열어 줄 열쇠를 찾으려 했다. 그러면 아마도 욕망을 되찾을지 모른다.

자애가 그 열쇠이다 ― 그런 생각을 하는 걸 보니 내가 전에 꿈을 꾸었나 보다.

"너는 잔인한 놈으로 남으리라……" 따위의 말을, 그토록 멋진 양귀비꽃을 나에게 씌워준 악마가 다시 소리친다.

"너의, 모든 욕망과 이기주의, 모든 너의 죄종(罪宗)을 짊어지고 죽으라."

오! 내 그런 것은 실컷 받아들였다. 하지만 사탄이여, 정말 간청하노니, 화를 덜 내시라! 그리고 하찮은 몇 가지 뒤늦은 비겁한 짓을 기다리며, 글쟁이에게서 교훈적이며 묘사적인 능력의 결핍을 사랑하는 당신에게 내 저주받은 자의 수첩에서 보기 흉한 몇 장을 발췌해 준다.

인형의 노래

나혜석

내가 인형을 가지고 놀 때 기뻐하듯
아버지의 딸인 인형으로 남편의 아내 인형으로
그들을 기쁘게 하는 위안물 되도다.

노라를 놓아라. 최후로 순순하게 엄밀히 막아논
장벽에서 견고히 닫혔던 문을 열고 노라를 놓아주게.

남편과 자식들에게 대한 의무같이
내게는 신성한 의무 있네 나를 사람으로 만드는
사명의 길로 밟아서 사람이 되고저

노라를 놓아라. 최후로 순순하게 엄밀히 막아논
장벽에서 견고히 닫혔던 문을 열고 노라를 놓아주게.

아아, 사랑하는 소녀들아, 나를 보아
정성으로 몸을 바쳐다오. 맑은 암흑 횡행할지나
다른 날, 폭풍우 뒤에 사람은 너와 나

노라를 놓아라. 최후로 순순하게 엄밀히 막아논
장벽에서 견고히 닫혔던 문을 열고 노라를 놓아주게.

국수

백석

눈이 많이 와서

산엣새가 벌로 나려 멕이고

눈구덩이에 토끼가 더러 빠지기도 하면

마을에는 그 무슨 반가운 것이 오는가 보다.

한가한 애동들은 어둡도록 꿩 사냥을 하고

가난한 엄매는 밤중에 김치가재미로 가고

마을을 구수한 즐거움에 싸서 은근하니 흥성흥성 들뜨게

하며 이것은 오는 것이다.

이것은 어느 양지귀 혹은 능달쪽 외따른 산 옆 은댕이 예

데가리 밭에서

하로 밤 뽀오얀 흰 김 속에 접시귀 소 기름불이 뿌우현 부

엌에 산멍에 같은 분틀을 타고 오는 것이다.

이것은 아득한 옛날 한가하고 즐겁든 세월로부터

실 같은 봄비 속을 타는 듯한 여름 속을 지나서 들쿠레한

구시월 갈바람 속을 지나서

대대로 나며 죽으며 죽으며 나며 하는 이 마을 사람들의
의젓한 마음을 지나서 텁텁한 꿈을 지나서
지붕에 마당에 우물 둔덩에 함박눈이 푹푹 쌓이는 여느 하로 밤
아베 앞에 그 어린 아들 앞에 아베 앞에는 왕 사발에 아들
앞에는 새끼 사발에 그득히 사리워오는 것이다.
이것은 그 곰의 잔등에 업혀서 길러났다는 먼 옛적 큰 마니가
또 그 집등색이에 서서 자채기를 하면 산넘엣 마을까지 들
렸다는
먼 옛적 큰아바지가 오는 것 같이 오는 것이다.

아, 이 반가운 것은 무엇인가.
이 희수무레하고 부드럽고 수수하고 슴슴한 것은 무엇인가.
겨울밤 쩡하니 익은 동티미국을 좋아하고 얼얼한 댕추가루
를 좋아하고 싱싱한 산 꿩의 고기를 좋아하고
그리고 담배 내음새 탄수 내음새 또 수육을 삶는 육수국 내

음새 자욱한 더북한 삿방 쩔쩔 끓는 아르궅을 좋아하는
이것은 무엇인가.

이 조용한 마을과 이 마을의 의젓한 사람들과 살틀하니
친한 것은 무엇인가.
이 그지없이 고담(枯淡)하고 소박(素朴)한 것은 무엇인가.

보여줄 수 있는 사랑은
아주 작습니다

칼릴 지브란

보여줄 수 있는 사랑은

아주 작습니다.

그 뒤에 숨어 있는

보이지 않는

위대함에

견주어 보면.

처용가

동경 밝은 달 아래

밤늦도록 노닐다가

들어와 자리를 보니

가랑이 넷이구나.

둘은 내 것인데

둘은 뉘 것인가.

본디 내 것이지만

빼앗긴 것을 어찌하리오.

모란이 피기까지는

김영랑

모란이 피기까지는

나는 아즉 나의 봄을 기둘리고 있을 테요.

모란이 뚝뚝 떨어져 버린 날

나는 비로소 봄을 여읜 서름에 잠길 테요.

오월 어느 날 그 하루 무덥던 날

떨어져 누운 꽃잎마저 시들어버리고는

천지에 모란은 자취도 없어지고

뻗쳐오르던 내 보람 서운케 무너졌느니

모란이 지고 말면 그뿐 내 한해는 다 가고 말아

삼백예순 날 하냥 섭섭해 우웁니다.

모란이 피기까지는

나는 아직 기둘리고 있을 테요.

찬란한 슬픔의 봄을

산 너머 남촌에는

김동환

1

산 너머 남촌에는 누가 살길래
해마다 봄바람이 남으로 오네.

꽃피는 사월이면 진달래 향기
밀 익는 오월이면 보리 내음새

어느 것 한 가진들 실어 안 오리
남촌서 남풍 불 제 나는 좋데나.

2

산 너머 남촌에는 누가 살길래
저 하늘 저 빛깔이 저리 고울까.

금잔디 너른 벌엔 호랑나비 떼
버들밭 실개천엔 종달새 노래

어느 것 한 가진들 들려 안 오리
남촌서 남풍 불 제 나는 좋데나.

3
산 너머 남촌에는 배나무 있고
배나무꽃 아래엔 누가 섰다기

그리운 생각에 재를 오르니
구름에 가리어 아니 보이네.

끊었다 이어 오는 가는 노래는
바람을 타고서 고이 들리네.

단심가

정몽주

此身死了死了 (차신사료사료)

一百番更死了 (일백번갱사료)

白骨爲塵土 (백골위진토)

魂魄有也無 (혼백유야무)

向主一片丹心 (향주일편단심)

寧有改理與之 (영유개리여지)

이 몸이 죽고 죽어

일백 번 고쳐 죽어

백골이 진토 되어

넋이라도 있고 없고

임 향한 일편단심이야

가실 줄이 있으랴.

3
월

물고기자리

♓

공무도하가

백수 광부의 아내

公無渡河 (공무도하)

公竟渡河 (공경도하)

墮河而死 (타하이사)

當奈公何 (당내공하)

58

임아, 그 물을 건너지 마오.
임은 기어코 물을 건너셨네.
물에 빠져 돌아가시니
가신 님을 어찌할꼬.

청포도

이육사

내 고장 칠월은
청포도가 익어 가는 시절

이 마을 전설이 주절이주절이 열리고
먼 데 하늘이 꿈꾸며 알알이 들어와 박혀
하늘 밑 푸른 바다가 가슴을 열고
흰 돛단배가 곱게 밀려서 오면

내가 바라는 손님은 고달픈 몸으로
청포(靑袍)를 입고 찾아 온다고 했으니

내 그를 맞아 이 포도를 따 먹으면
두 손은 함뿍 적셔도 좋으련

아이야, 우리 식탁엔 은쟁반에

하이얀 모시 수건을 마련해 두렴.

살아남은 자의 슬픔

베르톨트 브레히트

물론 나는 알고 있다.
오직 운이 좋았던 덕택에
나는 그 많은 친구들보다
오래 살아남았다.

그러나 지난밤 꿈속에서
이 친구들이 나에 대하여
이야기하는 소리가 들려왔다.

"강한 자는 살아남는다."
그러자 나는 자신이 미워졌다.

동짓달 기나긴 밤을

황진이

동짓달 기나긴 밤의 한가운데 허리를 베어 내어
봄바람 이불 밑에 서리서리 넣었다가
고운 님 오신 날 밤이 되면 굽이굽이 펴리라.

서동요

서동

선화공주님은

남몰래 얼어 두고

서동방을

밤에 몰래 안고 가다.

꽃 피는 달밤에

윤곤강

빛나는 해와 밝은 달이 있기로
하늘은 금빛도 되고 은빛도 되옵니다.

사랑엔 기쁨과 슬픔이 같이 있기로
우리는 살 수도 죽을 수도 있으오이다.

꽃 피는 봄은 가고 잎 피는 여름이 오기로
두견새 우는 달밤은 더욱 슬프오이다.

이슬이 달빛을 쓰고 꽃잎에 잠들기로
나는 눈물의 진주 구슬로 이 밤을 새웁니다.

만일 당신의 사랑을 내 손바닥에 담아
금방울 같은 소리를 낼 수 있다면
아아, 고대 죽어도 나는 슬프지 않겠노라.

인생찬가

헨리 워즈워스 롱펠로

내게 슬픈 사연으로 말하지 말라.
인생은 한낱 헛된 꿈에 지나지 않는다고!
잠든 영혼은 바로 죽은 영혼
만물은 겉보기와는 다른 것

삶은 진실한 것! 삶은 엄숙한 것!
무덤이 결코 그 종말은 아닐지니
흙에서 왔으니 흙으로 돌아가라는 말은
영혼을 두고 하는 말은 아니다.

우리 삶의 궁극적인 목적이나 방법은
슬픔이나 기쁨에 있는 것이 아니라
오늘보다 더 나은 내일이 되도록
활동하는 것이다.

예술은 길고 인생은 한순간의 것
우리의 심장은 강하고 용감하지만
지금, 이 순간에도 무덤으로 가는 장송곡을
낮은 북소리처럼 울린다.

인생이라는 광활한 싸움 밭에서
인생이라는 노상(路上)에서
말없이 끌려가는 가축의 무리는 되지 말자.
싸움에 용감히 뛰어드는 영웅이 되자!

아무리 달콤하다 해도 미래는 믿지 말라.
흘러가 버린 과거는 죽은 채 묻어두라.
그리고 행동하라. 살아 있는 현재에 행동하라.
가슴속에는 심장이, 천상에는 하느님이 있다.

앞서 살다 간 위인들의 생애는 우리를 깨우치나니
우리도 장엄한 삶을 이룰 수 있고
우리가 지나간 시간의 모래 위에
발자취를 남길 수 있다.

인생을 항해하는 우리 중 누군가가
난파당해 절망에 빠졌을 때
그 발자국을 발견하면 다시
용기를 얻게 되리라.

그러니 우리 모두 일어나 일하자.
어떤 운명인들 이겨낼 용기를 갖고
끊임없이 성취하고 도전하면서
일하며 기다림을 배우자.

참회록

윤동주

파란 녹이 낀 구리거울 속에
내 얼굴이 남아 있는 것은
어느 왕조의 유물이기에
이다지도 욕될까.

나는 나의 참회의 글을 한 줄에 줄이자.
— 만 이십사 년 일 개월을
　무슨 기쁨을 바라 살아왔던가.

내일이나 모레나 그 어느 즐거운 날에
나는 또 한 줄의 참회록을 써야 한다.
— 그때 그 젊은 나이에
　왜 그런 부끄런 고백을 했던가.

밤이면 밤마다 나의 거울을
손바닥으로 발바닥으로 닦아 보자.

그러면 어느 운석 밑으로 홀로 걸어가는
슬픈 사람의 뒷모양이
거울 속에 나타나 온다.

오랑캐꽃

이용악

- 긴 세월을 오랑캐와의 싸움에 살았다는 우리의 머언 조상들이 너를 불러 '오랑캐꽃'이라 했으니 어찌 보면 너의 뒷모양이 머리채를 드리인 오랑캐의 뒷머리와도 같은 까닭이라 전한다 -

아낙도 우두머리도 돌볼 새 없이 갔단다
도래샘도 떳집도 버리고 강 건너로 쫓겨 갔단다
고려 장군님 무지무지 쳐들어와
오랑캐는 가랑잎처럼 굴러갔단다

구름이 모여 골짝 골짝을 구름이 흘러
백 년이 몇백 년이 뒤를 이어 흘러갔나

너는 오랑캐의 피 한 방울 받지 않았건만

오랑캐꽃

너는 돌가마도 털메투리도 모르는 오랑캐꽃

두 팔로 햇빛을 막아 줄게

울어 보렴 목 놓아 울어나 보렴 오랑캐꽃

세월이 가면

박인환

지금 그 사람 이름은 잊었지만

그 눈동자 입술은 내 가슴에 있네.

바람이 불고 비가 올 때도

나는 저 유리창 밖 가로등

그늘의 밤을 잊지 못하지

사랑은 가도 옛날은 남는 것

여름날의 호숫가 가을의 공원

그 벤치 위에 나뭇잎은 떨어지고

나뭇잎은 흙이 되고 나뭇잎에 덮여서

우리들 사랑이 사라진다 해도

내 서늘한 가슴에 있네.

돌담에 속삭이는 햇발

김영랑

돌담에 속삭이는 햇발같이
풀 아래 웃음 짓는 샘물같이
내 마음 고요히 고운 봄 길 위에
오늘 하루 하늘을 우러르고 싶다.

새악시 볼에 떠오는 부끄럼같이
시의 가슴 살포시 젖는 물결같이
보드레한 에메랄드 얇게 흐르는
실비단 하늘을 바라보고 싶다.

금잔디

김소월

잔디

잔디

금잔디

심심산천에 붙는 불은

가신 님 무덤가에 금잔디

봄이 왔네, 봄빛이 왔네.

버드나무 끝에도 실가지에

봄빛이 왔네, 봄날이 왔네.

심심산천에도 금잔디에.

청산별곡

작자 미상

살겠노라 살겠노라, 청산에 살겠노라.
머루랑 다래랑 먹고 청산에 살겠노라.
얄리얄리 얄랑셩 얄라리 얄라.

울어라 울어라 새여, 자고 일어나 울어라 새여.
너보다 시름 많은 나도 자고 일어나 울며 지내노라.
얄리얄리 얄라셩 얄라리 얄라.

가던 새 가던 새 본다, 물 아래로 가던 새 본다.
이끼 묻은 녹슨 연장 가지고 물 아래로 가던 새 본다.
얄리얄리 얄라셩 얄라리 얄라.

이럭저럭 낮은 지내 왔지만
올 이도 갈 이도 없는 밤은 또 어찌하리오.
얄리얄리 얄라셩 얄라리 얄라.

어디에 던지던 돌인가, 누구를 맞히려던 돌인가.
미워할 사람도 사랑할 사람도 없이 돌에 맞아서 우는구나.
얄리얄리 얄라셩 얄라리 얄라.

살겠노라 살겠노라, 바다에서 살겠노라.
나문재랑 굴 조개랑 따서 먹고 바다에서 살겠노라.
얄리얄리 얄라셩 얄라리 얄라.

가다가 가다가 듣는구나, 외딴 부엌을 지나다 듣는구나.
사슴이 장대에 올라가서 해금 켜는 것을 듣는구나.
얄리얄리 얄라셩 얄라리 얄라.

바다로 가더니 술독에 진한 술을 빚는구나.
조롱박꽃 같은 누룩 냄새에 취해 붙잡혔으니 낸들 어찌하랴.
얄리얄리 얄라셩 얄라리 얄라.

춘망(春望)

두보

國破山河在 (국파산하재)

城春草木深 (성춘초목심)

感時花濺淚 (감시화천루)

恨別鳥驚心 (한별조경심)

烽火連三月 (봉화연삼월)

家書抵萬金 (가서저만금)

白頭搔更短 (백두소갱단)

渾欲不勝簪 (혼욕불승잠)

나라는 망하고 말았으나 산과 강은 그대로이고

거리에는 봄이 왔음에도 그저 초목만 무성할 뿐이로다.

시절을 느껴 꽃을 보고도 눈물을 흘리고

이별을 슬퍼하여 새소리에도 가슴 철렁하네.

전쟁을 알리는 봉화가 여러 달째 타고 있으니

가족의 편지는 만금을 주고도 얻지 못한다.

흰 머리를 긁으니 더욱더 짧아져 버려

(남은 머리카락) 다 모아도 비녀를 이기지 못할 듯하다.

아들의 죽음에 울다

허난설헌

지난해 귀여운 딸을 잃었고
올해는 또 사랑하는 아들이 떠났네.
슬프고도 슬프다, 광릉의 땅이여
두 무덤이 나란히 마주 보고 있구나.

사시나무 가지에는 오슬오슬 바람이 일고
숲속에선 도깨비불 반짝이는데
지전 태우며 너의 넋을 부르며
너의 무덤 앞에 술잔을 붓는다.

안다, 안다. 어미가 너희들 넋이나마
밤마다 만나 정답게 논다는 것.
비록 뱃속에 아기가 있다 하지만
어찌 제대로 자라기나 바랄 것이냐.

하염없이 슬픈 노래 부르며
피눈물 슬픈 울음 혼자 삼키네.

남신의주 유동 박시봉방
(南信義州柳洞朴時逢方)

백석

어느 사이에 나는 아내도 없고, 또,

아내와 같이 살던 집도 없어지고,

그리고 살뜰한 부모며 동생들과도 멀리 떨어져서

그 어느 바람 세인 쓸쓸한 거리 끝에 헤매이었다.

바로 날도 저물어서,

바람은 더욱 세게 불고, 추위는 점점 더해 오는데,

나는 어느 목수네 집 헌 샅을 깐

한 방에 들어서 쥔을 붙이었다.

이리하여 나는 이 습내 나는 춥고, 누긋한 방에서

낮이나 밤이나 나는 나 혼자도 너무 많은 것 같이 생각하며

딜옹배기에 북덕불이라도 담겨 오면

이것을 안고 손을 쬐며 재 우에 뜻없이 글자를 쓰기도 하며

또 문밖에 나가디두 않구 자리에 누어서,

머리에 손깍지 벼개를 하고 굴기도 하면서,

나는 내 슬픔이며 어리석음이며를 소처럼 연하여 쌔김질

하는 것이었다.

내 가슴이 꽉 메어 올 적이며

내 눈에 뜨거운 것이 핑 괴일 적이며

또 내 스스로 화끈 낯이 붉도록 부끄러울 적이며

나는 내 슬픔과 어리석음에 눌리어 죽을 수밖에 없는 것
을 느끼는 것이었다.

그러나 잠시 뒤에 나는 고개를 들어

허연 문창을 바라보든가 또 눈을 떠서 높은 천정을 쳐다
보는 것인데

이때 나는 내 뜻이며 힘으로, 나를 이끌어 가는 것이 힘든
일인 것을 생각하고

이것들보다 더 크고, 높은 것이 있어서, 나를 마음대로 굴
려 가는 것을 생각하는 것인데

이렇게 하여 여러 날이 지나는 동안에

내 어지러운 마음에는 슬픔이며, 한탄이며, 가라앉을 것은

차츰 앙금이 되어 가라앉고,

외로운 생각만이 드는 때쯤 해서는

더러 나줏손에 쌀랑쌀랑 싸락눈이 와서 문창을 치기도 하
는 때도 있는데

나는 이런 저녁에는 화로를 더욱 다가 끼며, 무릎을 꿇어
보며

어느 먼 산 뒤옆에 바우 섶에 따로 외로이 서서

어두어 오는데 하이야니 눈을 맞을, 그 마른 잎새에는

쌀랑쌀랑 소리도 나며 눈을 맞을,

그 드물다는 굳고 정한 갈매나무라는 나무를 생각하는 것
이었다.

5
월

황
소
자
리

♉

동방의 등불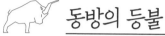

라빈드라나트 타고르

일찍이 아시아의 황금 시기에
빛나던 등불의 하나인 코리아
그 등불 다시 한번 켜지는 날에
너는 동방의 밝은 빛이 되리라.

누구를 위하여 종은 울리나 존 던

모든 인간은 대륙의 한 조각이며, 전체의 일부이다.

만일 흙덩이가 바닷물에 씻겨 내려가면

유럽의 땅은 그만큼 작아지며,

만일 갑(岬)이 그리되어도 마찬가지며

만일 그대의 친구들이나 그대의 영지(領地)가 그리되어도

마찬가지이다.

어느 누구의 죽음도 나를 감소시킨다.

왜냐하면 나는 인류 전체 속에 포함되어 있기 때문이다.

그러니 누구를 위하여 종이 울리는지를 알고자 사람을

보내지 말라!

종은 그대를 위해서 울리는 것이니!

자화상

윤동주

산모퉁이를 돌아 논가 외딴 우물을 홀로 찾아가선 가만히 들여다봅니다.

우물 속에는 달이 밝고 구름이 흐르고 하늘이 펼치고 파아란 바람이 불고 가을이 있습니다.

그리고 한 사나이가 있습니다.
어쩐지 그 사나이가 미워져 돌아갑니다.

돌아가다 생각하니 그 사나이가 가엾어집니다.
도로 가 들여다보니 사나이는 그대로 있습니다.

다시 그 사나이가 미워져 돌아갑니다.
돌아가다 생각하니 그 사나이가 그리워집니다.

우물 속에는 달이 밝고 구름이 흐르고 하늘이 펼치고 파
아란 바람이 불고 가을이 있고 추억처럼 사나이가 있습니다.

수양산 바라보며

성삼문

수양산(首陽山) 바라보며
이제(夷齊)를 한(恨)하노라.

주려 죽을진들
채미(採薇)도 하난 것가.

비록애 푸새엣 것인들
그 뉘 따에 났다니.

사랑하는 그대여, 나 죽거든

크리스티나 로제티

나 죽거든, 사랑하는 이여
나를 위해 슬픈 노래 부르지 마세요.
머리맡에 장미꽃 심지 말고
그늘 짓는 사이프러스도 심지 마세요.
비 맞고 이슬 흠뻑 젖는
푸른 풀만이 자라게 해 주세요.
또한 당신이 원한다면 나를 생각해 주세요.
아니 잊으시려거든 잊어 주세요.

저는 나무 그늘을 보지 못할 거예요.
비 내리는 것도 모를 거예요.
나이팅게일의 구슬픈 노래도 저는 듣지 못할 거예요.
온갖 것 들리지도 보이지도 않는
어둠 속에서 누워 꿈꾸면서
저는 당신을 생각할 거예요.
아니 어쩌면 잊을지도 몰라요.

내 사랑 너를 위해

자크 프레베르

나는 새 시장으로 갔네

거기서 새를 샀네

내 사랑

너를 위해

나는 꽃 시장으로 갔네

거기서 꽃을 샀네

내 사랑

너를 위해

나는 고철 시장으로 갔네

거기서 사슬을 샀네

육중한 사슬을

내 사랑

너를 위해

그리고는 노예 시장으로 갔네

거기서 너를 찾았네

그러나 너는 없었네

내 사랑

까마귀 검다 하고

이직

까마귀 검다 하고 백로야 웃지 마라.
겉이 검은들 속조차 검을쏘냐.
아마도 겉 희고 속 검은 이는
너뿐인가 하노라.

남(南)으로 창을 내겠소

김상용

남으로 창을 내겠소.
밭이 한참갈이
괭이로 파고
호미론 풀을 매지요.

구름이 꼬인다 갈 리 있소.
새 노래는 공으로 들으랴오.
강냉이가 익걸랑
함께 와 자셔도 좋소.

왜 사냐건
웃지요.

6
월

쌍둥이자리

Ⅱ

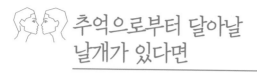

추억으로부터 달아날
날개가 있다면

에밀리 디킨슨

추억으로부터 우리

달아날 날개가 있다면

무수히 날게 되리라.

느리디 느린 사물에 익숙해지며

놀란 새들은

인간의 마음으로부터

달아나고 있는 자들의

움추린 커단 포장마차를

빤히 바라보게 될 것을.

정읍사

작자 미상

둘하 노피곰 도두샤
어긔야 머리곰 비취오시라
어긔야 어강됴리
아으 다롱디리

져재 녀러신고요
어긔야 즌 딕룰 드딕욜셰라
어긔야 어강됴리

어느이다 노코시라
어긔야 내 가논 딕 졈그룰셰라
어긔야 어강됴리
아으 다롱디리

118

달님이여, 높이높이 돋으사
멀리 비춰 주소서.
어긔야 어강됴리
아으 다롱디리

저자에 가 계신가요.
아아, 진 곳을 디딜까 두렵습니다.
어긔야 어강됴리
아으 다롱디리

어느 곳에나 놓으십시오.
아아, 가시는 곳 저물까 두렵습니다.
어긔야 어강됴리
아으 다롱디리

이니스프리
호수 섬

월리엄 버틀러 예이츠

나 이제 가련다, 이니스프리로 가련다.
거기 진흙과 나뭇가지로 작은 집 짓고
아홉 이랑의 콩밭 갈며 꿀벌도 치며
벌 소리 윙윙대는 숲속에 홀로 살리라.

그러면 거기 평화가 있겠지.
안개 낀 아침부터 귀뚜라미 우는 저녁 때까지
그곳은 밤중조차 환하고 낮은 보랏빛
저녁에는 홍방울새 가득히 날고,

나 이제 가련다. 밤이나 낮이나
호숫가에 나직이 물 찰싹이는 소리
가로(街路)에서나 회색 포도(鋪道) 위에서나
내 가슴속 깊이 그 소리만 들리누나.

초혼

김소월

산산이 부서진 이름이여!
허공 중에 헤어진 이름이여!
불러도 주인 없는 이름이여!
부르다가 내가 죽을 이름이여!

심중에 남아 있는 말 한마디는
끝끝내 마저 하지 못하였구나.
사랑하던 그 사람이여!
사랑하던 그 사람이여!

붉은 해는 서산마루에 걸리었다.
사슴의 무리도 슬피 운다.
떨어져 나가 앉은 산 위에서
나는 그대의 이름을 부르노라.

설움에 겹도록 부르노라.
설움에 겹도록 부르노라.
부르는 소리는 비껴가지만
하늘과 땅 사이가 너무 넓구나.

선 채로 이 자리에 돌이 되어도
부르다가 내가 죽을 이름이여!
사랑하던 그 사람이여!
사랑하던 그 사람이여!

123

에드거 앨런 포

아주 아주 오래전 바닷가 한 왕국에
한 소녀가 살았어요.
애너벨 리라면, 당신도 알지 몰라요.
이 소녀는 날 사랑하고 내 사랑을 받는 것밖엔
딴생각은 아무것도 없이 살았어요.

나도 어렸고 그 애도 어렸죠.
바닷가 이 왕국에서.
하지만 우린 보통 사랑 이상으로
사랑했어요. 나와 애너벨 리는.
하늘의 날개 달린 천사들이
그녀와 나를 시샘할 만한 사랑으로.

그 때문에 오래전, 바닷가 이 왕국에서
한차례 바람이 구름으로부터 불어와

아름다운 애너벨 리를
싸늘하게 만들어 버렸어요.

그리곤 그녀의 지체 높은 친척들이 와서
그녀를 내 곁에서 데려가
바닷가 이 왕국
무덤에 가둬 버렸죠.

천국에서 우리 반만큼도 행복하지 못한 천사들이
그녀와 나를 시기한 것이었어요.
그래요! - 그 때문이었죠(바닷가 이 왕국 사람들은 다 알고 있어요).
밤에 구름 속에서 한차례 바람이 일어
나의 애너벨 리를 싸늘하게 죽여 버린 건.
하지만 우리의 사랑은 더 강했답니다.

우리보다 나이 많은 사람들의 사랑보다
우리보다 현명한 많은 사람들의 사랑보다요.
그래서 하늘의 천사들도
바다 밑의 악마들도
내 영혼과 아름다운 애너벨 리의 영혼을
떼어놓지 못해요.

달빛이 빛날 때마다 난 언제나 꿈을 꾸거든요,
아름다운 애너벨 리의 꿈을.
별들이 뜰 때마다 나는 느껴요,
애너벨 리의 빛나는 눈동자를.
그래서 나는 밤새도록
내 사랑, 내 사랑, 내 생명, 내 신부의
곁에 눕는답니다. 그곳 바닷가 무덤,
파도 철썩이는 바닷가 무덤 속에서.

여행에의 초대

샤를 보들레르

아이야, 누이야,

꿈꾸어보렴

거기 가서 함께 살 감미로움을!

한가로이 사랑하고

사랑하다 죽으리,

그대 닮은 그 고장에서!

그곳 흐린 하늘에

젖은 태양이

내 마음엔 그토록 신비로운

매력을 지녀,

눈물 통해 반짝이는

변덕스런 그대 눈 같아.

거기엔 모든 것이 질서와 아름다움,

사치와 고요, 그리고 쾌락뿐.

세월에 닦여

반들거리는 가구가

우리 방을 장식하리.

진귀한 꽃들,

향긋한 냄새,

용연향의 어렴풋한 냄새가 어울리고,

호화로운 천장,

그윽한 거울,

동양의 찬란함,

모든 것이 거기선

넋에 은밀히

정다운 제 고장 말 들려주리.

거기엔 모든 것이 질서와 아름다움,

사치와 고요, 그리고 쾌락뿐.

보라, 저 운하 위에 잠자는 배들을,
떠도는 것이 그들의 기질.
그대의 아무리 사소한 욕망도
가득 채우기 위해
그들은 세상 끝으로부터 온다.

저무는 태양은
보랏빛, 금빛으로
들판을 덮고 운하를 덮고
모든 도시를 덮고,
세상은 잠든다.
뜨거운 빛 속에서.

거기엔 모든 것이 질서와 아름다움,
사치와 고요, 그리고 쾌락뿐.

131

 봄비

심훈

하나님이 깊은 밤에 피아노를 두드리시네.
건반 위에 춤추는 하얀 손은 보이지 않아도
섬돌에, 양철 지붕에, 그 소리만 동당 도드랑
이 밤엔 하나님도 답답하셔서 잠 한숨도 못 이루시네.

나비야 청산 가자

작자 미상

나비야 청산 가자, 범나비 너도 가자.

가다가 저물거든 꽃에 들어 자고 가자.

꽃에서 푸대접하거든 잎에서나 자고 가자.

7
월

게
자
리

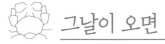

그날이 오면

심훈

그날이 오면, 그날이 오면은
삼각산이 일어나 더덩실 춤이라도 추고
한강 물이 뒤집혀 용솟음칠 그날이
이 목숨이 끊어지기 전에 와 주기만 할 양이면
나는 밤하늘에 날으는 까마귀와 같이
종로의 인경을 머리로 들이받아 올리오리다.
두개골은 깨어져 산산조각이 나도
기뻐서 죽사오매 오히려 무슨 한이 남으오리까.

그날이 와서, 오오 그날이 와서
육조 앞 넓은 길을 울며 뛰며 뒹굴어도
그래도 넘치는 기쁨에 가슴이 미어질 듯하거든
드는 칼로 이 몸의 가죽이라도 벗겨서
커다란 북을 만들어 들쳐 메고는
여러분의 행렬에 앞장을 서오리다.
우렁찬 그 소리를 한 번이라도 듣기만 하면
그 자리에 거꾸러져도 눈을 감겠소.

가을날

라이너 마리아 릴케

주여, 때가 왔습니다. 지난여름은 참으로
위대했습니다.
당신의 그림자를 해시계 위에 얹으시고
들녘엔 바람을 풀어 놓아주소서.

마지막 과일들이 무르익도록 명(命)하소서.
이틀만 더 남국(南國)의 날을 베푸시어
과일들의 완성을 재촉하시고, 독한 포도주에는
마지막 단맛이 스미게 하소서.

지금 집이 없는 사람은 이제 집을 짓지 않습니다.
지금 혼자인 사람은 그렇게 오래 남아
깨어서 책을 읽고, 긴 편지를 쓸 것이며
낙엽이 흩날리는 날에는 가로수들 사이로
이리저리 불안스레 헤맬 것입니다.

애인

이광수

님에게는 아까운 것 없이
무엇이나 바치고 싶은 이 마음
거기서 나는 보시를 배웠노라.

님에게 보이고자 애써
깨끗이 단장하는 이 마음
거기서 나는 지계를 배웠노라.

님이 주시는 것이면
때림이나 꾸지람이나 기쁘게 받는 이 마음
거기서 나는 인욕을 배웠노라.

자나 깨나 쉴 사이 없이
님을 그리워하고 님 곁으로만 도는 이 마음
거기서 나는 정진을 배웠노라.

천하 하고 많은 사람중에서
오직 님만을 사모하는 이 마음
거기서 나는 선정을 배웠노라.

내가 님의 품에 안길 때에
기쁨도 슬픔도 나와의 존재도 잊을 때에
나는 반야를 배웠노라.
인제 알았노라.
님은 이 몸께 바라밀을 가르치려고
짐짓 애인의 몸을 나눈 부처시라고.

우리 오빠와 화로

사랑하는 우리 오빠 어저께 그만 그렇게 위하시던 오빠의
거북 무늬 질화로가 깨어졌어요.
언제나 오빠가 우리들의 '피오닐' 조그만 기수라 부르는
영남(永南)이가
지구에 해가 비친 하루의 모든 시간을 담배의 독기 속에다
어린 몸을 잠그고 사 온 그 거북 무늬 화로가 깨어졌어요.

그리하여 지금은 화(火)젓가락만이 불쌍한 영남(永男)이하
구 저하구처럼
똑 우리 사랑하는 오빠를 잃은 남매와 같이 외롭게 벽에
가 나란히 걸렸어요.

오빠……
저는요 저는요 잘 알았어요.
왜 그날 오빠가 우리 두 동생을 떠나 그리로 들어가실 그

날 밤에
연거푸 말은 궐련[卷煙]을 세 개씩이나 피우시고 계셨는지
저는요 잘 알았어요 오빠.

언제나 철없는 제가 오빠가 공장에서 돌아와서 고단한 저
녁을 잡수실 때 오빠 몸에서 신문지 냄새가 난다고 하면
오빠는 파란 얼굴에 피곤한 웃음을 웃으시며
네 몸에선 누에 똥내가 나지 않니, 하시던 세상에 위대하
고 용감한 우리 오빠가 왜 그날만
말 한마디 없이 담배 연기로 방 속을 메워 버리시는 우리
우리 용감한 오빠의 마음을 저는 잘 알았어요.

천장을 향하여 기어 올라가던 외줄기 담배 연기 속에서
오빠의 강철 가슴 속에 박힌 위대한 결정과 성스러운 각
오를 저는 분명히 보았어요.

그리하여 제가 영남(永男)이의 버선 하나도 채 못 기웠을 동안에

문지방을 때리는 첫소리 마루를 밟는 거칠은 구두 소리와 함께 가 버리지 않으셨어요.

그러면서도 사랑하는 우리 위대한 오빠는 불쌍한 저의 남매의 근심을 담배 연기에 싸 두고 가지 않으셨어요.

오빠 - 그래서 저도 영남(永男)이도

오빠와 또 가장 위대한 용감한 오빠 친구들의 이야기가 세상을 뒤집을 때

저는 제사기(製絲機)를 떠나서 백 장에 일 전짜리 봉통(封筒)에 손톱을 부러뜨리고

영남(永男)이도 담배 냄새 구렁을 내쫓겨 봉통(封筒) 꽁무니를 뭅니다.

지금 만국지도 같은 누더기 밑에서 코를 고을고 있습니다.

오빠 - 그러나 염려는 마세요.

저는 용감한 이 나라 청년인 우리 오빠와 핏줄을 같이 한 계집애이고

영남(永男)이도 오빠도 늘 칭찬하던 쇠 같은 거북 무늬 화로를 사 온 오빠의 동생이 아니에요.

그리고 참 오빠 아까 그 젊은 나머지 오빠의 친구들이 왔다 갔습니다.

눈물 나는 우리 오빠 동무의 소식을 전해 주고 갔어요.

사랑스런 용감한 청년들이었습니다.

세상에 가장 위대한 청년들이었습니다.

화로는 깨어져도 화(火)젓갈은 깃대처럼 남지 않았어요.

우리 오빠는 가셨어도 귀여운 '피오닐' 영남(永男)이가 있고

그리고 모든 어린 '피오닐'의 따뜻한 누이 품 제 가슴이 아직도 더웁습니다.

그리고 오빠······

저뿐이 사랑하는 오빠를 잃고 영남(永男)이뿐이 굳세인 형님을 보낸 것이겠습니까.

섧지도 않고 외롭지도 않습니다.

세상에 고마운 청년 오빠의 무수한 위대한 친구가 있고 오빠와 형님을 잃은 수없는 계집아이와 동생

저희들의 귀한 동무가 있습니다.

그리하여 이다음 일은 지금 섭섭한 분한 사건을 안고 있는 우리 동무 손에서 싸워질 것입니다.

오빠 오늘 밤을 새워 이만 장을 붙이면 사흘 뒤엔 새 솜옷
이 오빠의 떨리는 몸에 입혀질 것입니다.
이렇게 세상의 누이동생과 아우는 건강히 오늘 날마다를
싸움에서 보냅니다.
영남(永男)이는 여태 잡니다 밤이 늦었어요.

- 누이동생

나는 왕이로소이다

홍사용

나는 왕이로소이다. 나는 왕이로소이다. 어머님의 가장 어여쁜 아들, 나는 왕이로소이다. 가장 가난한 농군의 아들로서……. 그러나 시왕전(十王殿)에서도 쫓기어 난 눈물의 왕이로소이다.

"맨 처음으로 내가 너에게 준 것이 무엇이냐?" 이렇게 어머니께서 물으시며는 "맨 처음으로 어머니께 받은 것은 사랑이었지요마는 그것은 눈물이더이다" 하겠나이다. 다른 것도 많지요마는……. "맨 처음으로 네가 나에게 한 말이 무엇이냐?" 이렇게 어머니께서 물으시며는 "맨 처음으로 어머니께 드린 말씀은 '젖 주셔요' 하는 그 소리였지마는, 그것은 '으아!' 하는 울음이었나이다" 하겠나이다. 다른 말씀도 많지요마는…….

이것은 노상 왕에게 들리어 주신 어머니의 말씀인데요. 왕이 처음으로 이 세상에 올 때에는 어머니의 흘리신 피를

몸에다 휘감고 왔더랍니다. 그날에 동네의 늙은이와 젊은 이들은 모두 "무엇이냐?"고 쓸데없는 물음질로 한창 바쁘게 오고 갈 때에도 어머니께서는 기꺼움보다도 아무 대답도 없이 속 아픈 눈물만 흘리셨답니다. 벌거숭이 어린 왕나도 어머니의 눈물을 따라서 발버둥질치며 '으아!' 소리쳐 울더랍니다.

그날 밤도 이렇게 달 있는 밤인데요, 으스름달이 무리 서고 뒷동산에 부엉이 울음 울던 밤인데요, 어머니께서는 구슬픈 옛이야기를 하시다가요, 일없이 한숨을 길게 쉬시며 웃으시는 듯한 얼굴을 얼른 숙이시더이다. 왕은 노상 버릇인 눈물이 나와서 그만 끝까지 섧게 울어 버렸소이다. 울음의 뜻은 도무지 모르면서도요. 어머니께서 조으실 때에는 왕만 혼자 울었소이다. 어머니의 지우시는 눈물이 젖 먹는 왕의 뺨에 떨어질 때에면, 왕도 따라서 시름없이 울었소이다.

열한 살 먹던 해 정월 열나흗날 밤, 맨 잿더미로 그림자를 보러 갔을 때인데요, 명(命)이나 긴가 짧은가 보랴고. 왕의 동무 장난꾼 아이들이 심술스러웁게 놀리더이다. 모가지 없는 그림자라고요. 왕은 소리쳐 울었소이다. 어머니께서 들으시도록, 죽을까 겁이 나서요.

나무꾼의 산타령을 따라가다가 건너 산비탈로 지나가는 상두꾼의 구슬픈 노래를 처음 들었소이다. 그 길로 옹달 우물로 가자고 지름길로 들어서면은 찔레나무 가시덤불에 서 처량히 우는 한 마리 파랑새를 보았소이다. 그래 철없 는 어린 왕 나는 동무라 하고 쫓아가다가 돌부리에 걸리 어 넘어져서 무릎을 비비며 울었소이다.

할머니 산소 앞에 꽃 심으러 가던 한식날 아침에, 어머니 께서는 왕에게 하얀 옷을 입히시더이다. 그리고 귀밑머리를 단단히 땋아 주시며 "오늘부터는 아무쪼록 울지 말아라." 아아, 그때부터 눈물의 왕은! 어머니 몰래 남모르게 속 깊이 소리 없이 혼자 우는 그것이 버릇이 되었소이다.

누우런 떡갈나무 우거진 산길로 허물어진 봉화 둑 앞으로 쫓긴 이의 노래를 부르며 어슬렁거릴 때에 바위 밑에 돌부처는 모른 체하며 감중연하고 앉았더이다. 아아, 뒷동산 장군 바위에서 날마다 자고 가는 뜬구름은 얼마나 많이 왕의 눈물을 싣고 갔는지요.
나는 왕이로소이다. 어머니의 외아들, 나는 이렇게 왕이로소이다. 그러나 그러나 눈물의 왕! 이 세상 어느 곳에든지 설움이 있는 땅은 모두 왕의 나라로소이다.

산중문답(山中問答)

이백

問余何事棲碧山 (문여하사서벽산)

笑而不答心自閑 (소이부답심자한)

桃花流水杳然去 (도화유수묘연거)

別有天地非人間 (별유천지비인간)

묻노니, 그대는 왜 푸른 산에 사는가.

웃을 뿐, 답은 않고 마음이 한가롭네.

복사꽃 띄워 물은 아득히 흘러가나니

별천지 따로 있어 인간 세상 아니네.

떠나가는 배

박용철

나 두 야 간다
나의 이 젊은 나이를
눈물로야 보낼 거냐
나 두 야 가련다

아늑한 이 항구인들 손쉽게야 버릴 거냐
안개같이 물 어린 눈에도 비치나니
골짜기마다 발에 익은 묏부리 모양
주름살도 눈에 익은 아- 사랑하던 사람들

버리고 가는 이도 못 잊는 마음
쫓겨 가는 마음인들 무어 다를 거냐
돌아다보는 구름에는 바람이 희살 짓는다
앞 대일 언덕인들 마련이나 있을 거냐

나 두 야 가련다
나의 이 젊은 나이를
눈물로야 보낼 거냐
나 두 야 간다

로렐라이

하인리히 하이네

로렐라이
왜 그런지 그 까닭은 알 수 없지만
내 마음은 자꾸만 슬퍼지네.
옛날부터 전해오는 그 이야기가
내 마음에 메아리쳐 사라지지 않네.

공기는 싸늘하고 해거름 드리웠는데
라인강은 고요히 흘러가고,
산꼭대기는 저녁노을로
눈부시게 찬란히 빛나는데,

저 건너 언덕 위에는 놀랍게도
아름다운 아가씨가 앉아,
금빛 장신구를 반짝거리며,
황금빛 머리칼을 빗어 내리네.

황금의 빗으로 머리 빗으며
그녀는 노래를 부르네.
기이하게 사람을 유혹하는
선율의 노래를.

조그만 배에 탄 뱃사공은
걷잡을 수 없는 비탄에 사로잡혀
암초는 바라보지도 않고,
언덕 위만 쳐다보네.

마침내는 물결이 조그만 배와 함께
뱃사공을 삼켜 버릴 것이다.
그리고 그것은 그녀의 노래로써
로렐라이가 한 것이리라.

8
월

사
자
자
리

유리창

정지용

유리에 차고 슬픈 것이 어른거린다.
열없이 붙어 서서 입김을 흐리우니
길들은 양 언 날개를 파닥거린다.
지우고 보고 지우고 보아도
새까만 밤이 밀려 나가고 밀려와 부딪히고,
물 먹은 별이, 반짝, 보석처럼 박힌다.
밤에 홀로 유리를 닦는 것은
외로운 황홀한 심사이어니
고운 폐혈관이 찢어진 채로
아아, 너는 산새처럼 날아갔구나!

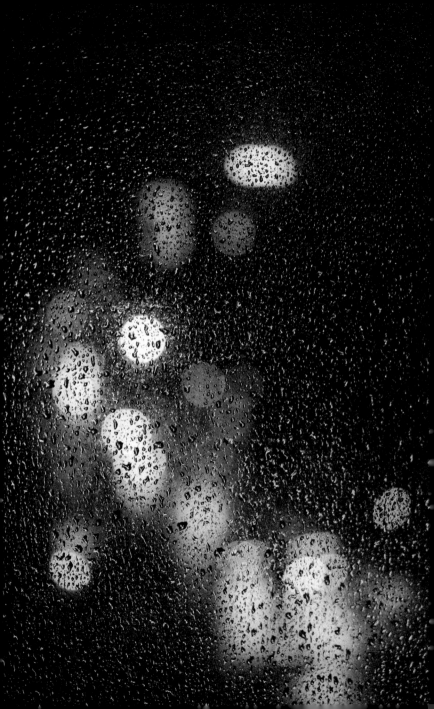

사슴

노천명

모가지가 길어서 슬픈 짐승이여,
언제나 점잖은 편 말이 없구나.
관이 향기로운 너는
무척 높은 족속이었나 보다.

물 속의 제 그림자를 들여다보고
잃었던 전설을 생각해 내고는,
어찌할 수 없는 향수에
슬픈 모가지를 하고
먼 데 산을 바라본다.

광야

이육사

까마득한 날에
하늘이 처음 열리고
어데 닭 우는 소리 들렸으랴.

모든 산맥들이
바다를 연모해 휘달릴 때도
차마 이곳을 범하던 못하였으리라.

끊임없는 광음을
부지런한 계절이 피어선 지고
큰 강물이 비로소 길을 열었다.

지금 눈 내리고
매화 향기 홀로 아득하니,
내 여기 가난한 노래의 씨를 뿌려라.

다시 천고의 뒤에
백마 타고 오는 초인이 있어
이 광야에서 목놓아 부르게 하리라.

광주 서시

박영욱

우리는 잊혀가는

그날을 기억해야 한다.

지금도

비가 오는 날이면

우리의 외면을 채찍질하듯

허리가 쑤셔오고

싸늘한 시신을 안고

울부짖던 통곡은

쉽게 인정하는

우리의 맑은 종소리가 되고 있다.

아직도, 상처를 간직한

남도의 버림받은 땅,

광주의 그리운 노래는

무등산의 포근함이 되고

민족의 광장 앞에

금남로에
충장로에
화정동에
지원동에서
서러운 땅을 지키어 갔던
눈물겨운 환한 몸부림이었다.
느꺼운 그대들의
진실을 산자의
사악한 입술이 대신하리오.
잊기 힘들 그대 넋의 숭고함은
이 겨레의 영원한 등대가 되리니
흙에 피눈물 나는 못다 한 그리움을
고이고이 접으소서.

빗소리

비가 옵니다.
밤은 고요히 깃을 벌리고
비는 뜰 위에 속삭입니다.
몰래 지껄이는 병아리같이.

이지러진 달이 실낱같고
별에서도 봄이 흐를 듯이
따뜻한 바람이 불더니.
오늘은 이 어둔 밤을 비가 옵니다.

비가 옵니다.
다정한 손님같이 비가 옵니다.
창을 열고 맞으려 하여도
보이지 않게 속삭이며 비가 옵니다.

비가 옵니다.

뜰 위에 창밖에 지붕에

남모를 기쁜 소식을

나의 가슴에 전하는 비가 옵니다.

부모

김소월

낙엽이 우수수 떨어질 때,
겨울의 기나긴 밤,
어머님하고 둘이 앉아
옛이야기를 들어라.

나는 어쩌면 생겨 나와
이 이야기 듣는가?
묻지도 말아라, 내일 날에
내가 부모 되어서 알아보랴?

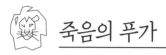

죽음의 푸가

파울 첼란

새벽의 검은 우유 우리는 마신다 저녁에
우리는 마신다 점심에 또 아침에 우리는 마신다 밤에
우리는 마신다 또 마신다
우리는 공중에 무덤을 판다 거기서는 비좁지 않게 눕는다
한 남자가 집 안에 살고 있다 그는 뱀을 가지고 논다 그는 쓴다
그는 쓴다 어두워지면 독일로 너의 금빛 머리카락 마르가레테
그는 그걸 쓰고는 집 밖으로 나오고 별들이 번득인다 그
가 휘파람으로 자기 사냥개들을 불러낸다
그가 휘파람으로 자기 유대인들을 불러낸다 땅에 무덤 하
나를 파게 한다
그가 우리들에게 명령한다 이제 무도곡을 연주하라

새벽의 검은 우유 우리는 마신다 밤에
우리는 너를 마신다 아침에 또 점심에 우리는 너를 마신다
저녁에

176

우리는 마신다 또 마신다

한 남자가 집 안에 살고 있다 그는 뱀을 가지고 논다 그는 쓴다

그는 쓴다 어두워지면 독일로 너의 금빛 머리카락 마르가레테

너의 재가 된 머리카락 줄라미트 우리는 공중에 무덤을

판다 공중에선 비좁지 않게 눕는다

그가 외친다 더욱 깊이 땅나라로 파 들어가라 너희들 너

희 다른 사람들은 노래하고 연주하라

그가 허리춤의 권총을 잡는다 그가 총을 휘두른다 그의

눈은 파랗다

더 깊이 삽을 박아라 너희들 너희 다른 사람들은 계속 무

도곡을 연주하라

새벽의 검은 우유 우리는 너를 마신다 밤에

우리는 너를 마신다 낮에 또 아침에 우리는 너를 마신다

저녁에

우리는 마신다 또 마신다

한 남자가 집 안에 살고 있다 너의 금빛 머리카락 마르가레테

너의 재가 된 머리카락 줄라미트 그는 뱀을 가지고 논다

그가 외친다 더 달콤하게 죽음을 연주하라 죽음은 독일에서 온 명인

그가 외친다 더 어둡게 바이올린을 켜라 그러면 너희는 연기가 되어 공중으로 오른다

그러면 너희는 구름 속에 무덤을 가진다 거기서는 비좁지 않게 눕는다

새벽의 검은 우유 우리는 너를 마신다 밤에

우리는 마신다 너를 점심에 죽음은 독일에서 온 명인

우리는 마신다 너를 저녁에 또 아침에 우리는 마신다 또

마신다

죽음은 독일에서 온 명인 그의 눈은 파랗다

그는 너를 맞힌다 납 총알로 그는 너를 맞힌다 정확하다

한 남자가 집 안에 살고 있다 너의 금빛 머리타락 마르가레테

그는 우리를 향해 자신의 사냥개들을 몰아댄다 그는 우리

에게 공중의 무덤 하나를 선사한다

그는 뱀들을 가지고 논다 또 꿈꾼다 죽음은 독일에서 온 명인

너의 금빛 머리카락 마르가레테

너의 재가 된 머리카락 줄라미트

헌화가

노옹(老翁)

紫布岩乎邊希 (자포암호변희)

執音乎手母牛放教遣 (집음호수무우방교견)

吾肹不喩慚肹伊賜等 (오힐불유참힐이사등)

花肹折叱可獻乎理音如 (화힐절질가헌호리음여)

짙붉은 바위에

손에 잡은 암소 놓게 하시고,

나를 아니 부끄러워하신다면

꽃을 꺾어 바치오리다.

9월

처녀자리

♍

노래의 날개 위에

하인리히 하이네

노래의 날개 위에 사뿐히 올라서
함께 가요, 사랑하는 사람이여
갠지스강 그 기슭 푸른 풀밭에
우리 둘이 갈 만한 곳이 있어요.

환한 달 동산에 고요히 떠오를 적에
빨갛게 활짝 피는 아름다운 꽃동산
잔잔한 호수에 미소 짓는 연꽃들은
아름다운 그대를 기다리고 있어요.

꽃들은 서로서로 미소를 머금고
하늘의 별을 향하여 소곤대고
장미는 서로서로 넝쿨을 엮고서
달콤한 밀어 속삭이는 뺨을 부빈답니다.

깡충깡충 뛰어나와 귀를 쫑긋거리는
귀여운 염소의 평화로운 모습과
해맑은 시냇물 노래하는 소리
세상 끝까지 울려 퍼지는 곳

그 아름다운 꽃동산 종려나무 그늘에
사랑하는 그대와 함께 누워서
사랑의 온갖 즐거움을 서로 나누며
아름다운 꿈 끝이 없도록 살아가자고요.

오감도(烏瞰圖)

시제1호

13인의 아해가 도로로 질주하오.
(길은 막다른 골목이 적당하오.)

제 1의 아해가 무섭다고 그리오.
제 2의 아해도 무섭다고 그리오.
제 3의 아해도 무섭다고 그리오.
제 4의 아해도 무섭다고 그리오.
제 5의 아해도 무섭다고 그리오.
제 6의 아해도 무섭다고 그리오.
제 7의 아해도 무섭다고 그리오.
제 8의 아해도 무섭다고 그리오.
제 9의 아해도 무섭다고 그리오.
제10의 아해도 무섭다고 그리오.

제11의 아해도 무섭다고 그리오.

제12의 아해도 무섭다고 그리오.

제13의 아해도 무섭다고 그리오.

13인의 아해는 무서운 아해와 무서워하는 아해와 그렇게

뿐이 모였소.

(다른 사정은 없는 것이 차라리 나았소.)

그중에 1인의 아해가 무서운 아해라도 좋소.

그중에 2인의 아해가 무서운 아해라도 좋소.

그중에 2인의 아해가 무서워하는 아해라도 좋소.

그중에 1인의 아해가 무서워하는 아해라도 좋소.

(길은 뚫린 골목이라도 적당하오.)

13인의 아해가 도로로 질주하지 아니하여도 좋소.

낙엽

레미 드 구르몽

시몬, 나무 잎새 져버린 숲으로 가자.
낙엽은 이끼와 돌과 오솔길을 덮고 있다.

시몬, 너는 좋으냐? 낙엽 밟는 소리가.

낙엽 빛깔은 정답고 모양은 쓸쓸하다.
낙엽은 버림받고 땅 위에 흩어져 있다.

시몬, 너는 좋으냐? 낙엽 밟는 소리가.

해 질 무렵 낙엽 모양은 쓸쓸하다.
바람에 흩어지며 낙엽은 상냥히 외친다.

시몬, 너는 좋으냐? 낙엽 밟는 소리가.

발로 밟으면 낙엽은 영혼처럼 운다.
낙엽은 날갯소리와 여자의 옷자락 소리를 낸다.

시몬, 너는 좋으냐? 낙엽 밟는 소리가.

가까이 오라, 우리도 언젠가는 낙엽이리니
가까이 오라, 밤이 오고 바람이 분다.

시몬, 너는 좋으냐? 낙엽 밟는 소리가.

가을의 노래

샤를 보들레르

1

이윽고 우리는 추운 어둠 속에 빠져들리니
너무나 짧은 여름날의 강렬한 밝음이여, 안녕!
이미 나는 불길한 충격을 주면서 안마당 돌바닥에
장작 던지는 소리를 듣고 놀란다.

겨울의 모든 것 - 분노와 증오, 전율과 공포
또한 강제된 고역은 내 몸속에 되돌아온다.
북극의 지옥의 날에다 비유할 것인가
내 마음은 얼어붙은 쇳조각이다.

나는 몸서리쳐짐을 느끼며 장작 던지는 소리 듣노니
세워진 단두대의 소리 없는 울림조차 이렇지 않다.
내 가슴은 무거운 쇠망치를 얻어맞고
허물어지는 성탑과도 같다.

이 단조로운 충격에 내 몸은 흔들려
어디선가 관에다 서둘러 못질하고 있는 듯하다.
누굴 위해? – 어제는 여름이었으나 이제는 가을?
흡사 죽은 자를 매장하는 종소리와도 같다.

2
나는 그대 지긋한 눈의 푸른 빛이 좋아,
정다운 미인이여, 나 오늘은 모두가 쓰디써,
그대 사랑도, 침실의 즐거움도, 화끈한 난로도
그 어느 것도 바다의 눈부신 태양만 못하다.

하지만 사랑해주오, 다정한 그대여!
박정하고 심술궂은 놈일지라도 어머니 되어 주오.
애인이건, 누이건, 가을 영롱한 하늘 또는
낙조의 한순간 그 따스한 정을 베풀어주오.

잠깐의 수고를! 무덤 기다리니, 그 탐욕스러운 무덤이
아! 내 이마 그대 포근한 무릎에 얹고,
백열의 지난여름 그리며, 이 늦가을의
따스하고 누른 햇살 맛보게 해주오!

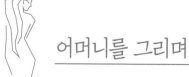

어머니를 그리며

신사임당

머나먼 고향 집은 첩첩 산 너머
언제나 꿈속에서 달리는 마음.
한송정 언저리엔 외론 달 뜨고
경포대 앞에는 한 줄기 바람.
갈매기는 모래톱에 모였다 흩어지고
고깃배는 파도 위로 오고 가리니,
언제나 강릉 길을 다시 찾아가
때때옷 입고 슬하에서 바느질하랴.

산유화

김소월

산에는 꽃 피네
꽃이 피네.
갈 봄 여름 없이
꽃이 피네.

산에
산에
피는 꽃은
저만치 혼자서 피어 있네.

산에서 우는 작은 새여
꽃이 좋아
산에서
사노라네.

산에는 꽃 지네
꽃이 지네.
갈 봄 여름 없이
꽃이 지네.

바다와 나비

김기림

아무도 그에게 수심(水深)을 일러준 일이 없기에
흰 나비는 도무지 바다가 무섭지 않다.

청(靑)무우 밭인가 해서 내려갔다가는
어린 날개가 물결에 절어서
공주(公主)처럼 지쳐서 돌아온다.

삼월(三月)달 바다가 꽃이 피지 않아서 서글픈
나비 허리에 새파란 초생달이 시리다.

쉽게 씌어진 시

윤동주

창밖에 밤비가 속살거려
육첩방(六疊房)은 남의 나라,

시인이란 슬픈 천명인 줄 알면서도
한 줄 시를 적어 볼까,

땀내와 사랑 내 포근히 품긴
보내 주신 학비 봉투를 받아

대학 노-트를 끼고
늙은 교수의 강의 들으러 간다.

생각해 보면 어린 때 동무들
하나, 둘, 죄다 잃어버리고

나는 무얼 바라
나는 다만, 홀로 침전하는 것일까?

인생은 살기 어렵다는데
시가 이렇게 쉽게 씌어지는 것은
부끄러운 일이다.

육첩방은 남의 나라
창밖에 밤비가 속살거리는데,

등불을 밝혀 어둠을 조금 내몰고,
시대처럼 올 아침을 기다리는 최후의 나,

나는 나에게 작은 손을 내밀어
눈물과 위안으로 잡는 최초의 악수.

유희는 끝났다
(추락하는 것은 날개가 있다)

잉게보르크 바하만

사랑하는 나의 오빠, 언제 우리는 뗏목을 만들어
하늘을 따라 내려갈 수 있을까요?
사랑하는 나의 오빠, 곧 우리의 짐이 너무 커져서
우리는 침몰하고 말 거예요.

사랑하는 나의 오빠, 우리 종이 위에다
수많은 나라와 수많은 철로를 그려요.
조심하세요, 여기 검은 선(線)들 앞에서
연필심과 함께 훌쩍 날아가지 않게요.

사랑하는 나의 오빠, 만약 그러면 나는
말뚝에 묶인 채 마구 소리를 지를 거예요.
하지만 오빠는 어느새 말에 올라 죽음의 계곡을 빠져나와,
우리 둘은 함께 도망치고 있군요.

집시들의 숙영지에서, 황야의 천막에서 깨어 있어야 해요,
우리의 머리카락에서 모래가 흘러내리는군요.
오빠와 나의 나이 그리고 세계의 나이는
해로 헤아릴 수 있는 게 아니랍니다.

교활한 까마귀나 끈끈한 거미의 손
그리고 덤불 속의 깃털에 속아 넘어가지 마세요.
또 게으름뱅이 나라에서는 먹고 마시지 마세요.
그곳의 냄비와 항아리에선 거짓 거품이 일거든요.

홍옥 요정을 위한 황금 다리에 이르러
그 말을 알고 있던 자만이 승리를 거두었지요.
오빠한테 말해야겠어요. 그 말은 지난번 눈과 함께
정원에서 녹아서 사라져버렸다고 말이에요.

많고 많은 돌들 때문에 우리 발에 이렇게 상처가 났어요.
발 하나가 나으면, 우리는 그 발로 펄쩍 뛸 거예요.
아이들의 왕은 그의 왕국에 이르는 열쇠를 입에 물고
우리를 마중하고, 우리는 이런 노래를 부를 거예요.

지금은 대추야자 씨가 싹트는 아름다운 시절!
추락하는 이들마다 날개가 달렸네요.
가난한 이들의 수의에 장식단을 달아준 것은 빨간 골무,
그리고 오빠의 떡잎이 나의 봉인 위로 떨어지네요.

우리는 자러 가야 해요, 사랑하는 이여, 놀이는 끝났어요.

발꿈치를 들고. 하얀 잠옷들이 부풀어 오르네요.

아버지 어머니가 그러는데요, 우리가 숨결을 나누면,

이 집안에서는 유령이 나온대요.

10
월

천칭자리

♎

노오란 배 열매와

들장미 가득하여

육지는 호수 속에 매달려 있네.

너희 사랑스러운 백조들

입맞춤에 취하여

성스럽게 깨어 있는 물속에

머리를 담구네.

슬프다, 내 어디에서

겨울이 오면, 꽃을 얻고, 어디서

햇볕과

대지의 그늘을 찾을까?

성벽은 차갑게

말없이 서 있고, 바람결에

풍향계는 덜걱거리네.

달아

이상화

달아!

하늘 가득히 서러운 안개 속에

꿈 무더기같이 떠도는 달아

나는 혼자

고요한 오늘 밤을 들창에 기대어

처음으로 안 잊히는 그이만 생각는다.

달아!

너의 얼굴이 그이와 같네

언제 보아도 웃던 그이와 같네.

착해도 보이는 달아

만져보고 싶은 달아

잘도 자는 풀과 나무가 예사롭지 않네.

달아!

나도 나도

문틈으로 너를 보고

그이 가깝게 있는 듯이
야릇한 이 마음 안은 이대로
다른 꿈은 꾸지도 말고 단잠에 들고 싶다.
달아!
너는 나를 보네
밤마다 솟치는 그이 눈으로
달아 달아
즐거운 이 가슴이 아프기 전에
잠재워다오- 내가 내가 자야겠네.

 사랑

한용운

봄물보다 깊으니라

가을 산보다 높으니라

달보다 빛나리라

돌보다 굳으리라

사랑을 묻는 이 있거든

이대로만 말하리

해(海)에게서 소년에게

최남선

처……ㄹ썩, 처……ㄹ썩, 척, 쏴……아.
때린다 부순다 무너 버린다.
태산 같은 높은 뫼, 집채 같은 바윗돌이나,
요것이 무어야, 요게 무어야,
나의 큰 힘 아느냐 모르느냐, 호통까지 하면서
때린다 부순다 무너 버린다,
처……ㄹ썩, 처……ㄹ썩, 척, 튜르릉, 콱.

처……ㄹ썩, 처……ㄹ썩, 척, 쏴……아.
내게는 아무것 두려움 없어,
육상에서, 아무런, 힘과 권(權)을 부리던 자라도,
내 앞에서 와서는 꼼짝 못 하고,
아무리 큰 물건도 내게는 행세하지 못하네.
내게는 내게는 나의 앞에는
처……ㄹ썩, 처……ㄹ썩, 척, 튜르릉, 콱.

처……ㄹ썩, 처……ㄹ썩, 척, 쏴……아.
나에게 절하지 아니한 자가
지금까지 있거든 통기하고 나서 보아라.
진시황, 나파륜, 너희들이냐,
누구누구 누구냐 너희 역시 내게는 굽히도다.
나하고 겨룰 이 있건 오너라.
처……ㄹ썩, 처……ㄹ썩, 척, 튜르릉, 콱.

처……ㄹ썩, 처……ㄹ썩, 척, 쏴……아.
조그만 산모를 의지하거나,
좁쌀 같은 작은 섬, 손뼉만 한 땅을 가지고,
고 속에 있어서 영악한 체를,
부리면서, 나 혼자 거룩하다 하는 자,
이리 좀 오너라, 나를 보아라.
처……ㄹ썩, 처……ㄹ썩, 척, 튜르릉, 콱.

215

처……ㄹ썩, 처……ㄹ썩, 척, 쏴……아.
나의 짝 될 이는 하나 있도다.
크고 길고, 넓게 뒤덮은바 저 푸른 하늘.
저것은 우리와 틀림이 없어,
작은 시비, 작은 쌈, 온갖 모든 더러운 것 없도다.
조따위 세상에 조 사람처럼.
처……ㄹ썩, 처……ㄹ썩, 척, 튜르릉, 콱.

처……ㄹ썩, 처……ㄹ썩, 척, 쏴……아.
저 세상 저 사람 모두 미우나,
그 중에서 똑 하나 사랑하는 일이 있으니,
담 크고 순진한 소년배(少年輩)들이,
재롱처럼 귀엽게 나의 품에 와서 안김이로다.
오너라, 소년배 입 맞춰 주마.
처……ㄹ썩, 처……ㄹ썩, 척, 튜르릉, 콱.

초원의 빛

윌리엄 워즈워스

한때는 그리도 찬란한 빛이었건만

이제는 속절없이 사라진

다시는 돌아올 수 없는

초원의 빛이여, 꽃의 영광이여

우리는 슬퍼하지 않으리

오히려 강한 힘으로 살아남으리

존재의 영원함을

티 없는 가슴으로 믿으리

삶의 고통을 사색으로 어루만지고

죽음마저 꿰뚫는

명철한 믿음이라는 세월의 선물로

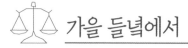# 가을 들녘에서

세르게이 예세닌

밭은 추수가 끝나고 수풀은 헐벗었다.
물에선 안개와 습기가 피어오르고 있다.
푸른 산자락 너머로 수레바퀴처럼
조용한 해는 추락했다.

파헤쳐진 길은 졸고 있다.
오늘 낌새를 챌 것이다.
백발의 겨울을 기다릴 날도
이제 얼마 남지 않았음을.

아, 어제 나는 보았다.
소리조차 잘 울리지 않는 숲의 안개 속에서
붉은 털빛의 달이 망아지처럼
우리 썰매에 묶인 것을.

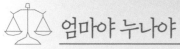 # 엄마야 누나야

김소월

엄마야 누나야 강변 살자.
뜰에는 반짝는 금모래빛
뒷문 밖에는 갈잎의 노래
엄마야 누나야 강변 살자.

흐르는 물을 붙들고서 홍사용

시냇물이 흐르며 노래하기를
외로운 그림자 물에 뜬 마름잎
나그네 근심이 끝이 없어서
빨래하는 처녀(處女)를 울리었도다.

돌아서는 님의 손 잡아당기며
그러지 마셔요 갈 길은 육십 리(六十 里)
철없는 이 눈이 물에 어리어
당신의 옷소매를 적시었어요.

두고 가는 긴 시름 쥐어틀어서
여기도 내 고향(故鄕) 저기도 내 고향(故鄕)
젖으나 마르나 가는 이 설움
혼자 울 오늘 밤도 머지않구나.

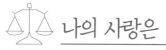

나의 사랑은

김억

나의 사랑은
황혼의 수면에
해쓱 어리운
그림자 같지요,
고적도 하게.

나의 사랑은

어두운 밤날에

떨어져 도는

낙엽과 같지요,

소리도 없이.

11
월

전
갈
자
리

달밤에 친구는 오지 않고

백거이

옛사람은 낮이 짧다 하여
촛불 들고 밤놀이하지 않았나?

이토록 교교한 밤에
달빛은 서녘 다락을 비추고

넘치는 술 한 동이를
성곽에다 올려놓았지만

그대는 기다려도 오지 않고
나하고 달님만 동그마니

물을 비추자 하얗게 연기 일고
사람을 비추자 하얗게 나부끼는 머리카락

호수처럼 맑은 달빛 속에
물끄러미 넋을 뺏긴다.

님의 침묵

한용운

님은 갔습니다. 아아, 사랑하는 나의 님은 갔습니다.

푸른 산빛을 깨치고 단풍나무 숲을 향하여 난 작은 길을 걸어서, 차마 떨치고 갔습니다.

황금의 꽃같이 굳고 빛나던 옛 맹세는 차디찬 티끌이 되어서 한숨의 미풍에 날아갔습니다.

날카로운 첫 키스의 추억은 나의 운명의 지침을 돌려놓고, 뒷걸음쳐서 사라졌습니다.

나는 향기로운 님의 말소리에 귀먹고, 꽃다운 님의 얼굴에 눈멀었습니다.

사랑도 사람의 일이라, 만날 때에 미리 떠날 것을 염려하고 경계하지 아니한 것은 아니지만, 이별은 뜻밖의 일이 되고, 놀란 가슴은 새로운 슬픔에 터집니다.

그러나 이별을 쓸데없는 눈물의 원천을 만들고 마는 것은 스스로 사랑을 깨치는 것인 줄 아는 까닭에, 걷잡을 수 없는 슬픔의 힘을 옮겨서 새 희망(希望)의 정수박이에 들어부

었습니다.

우리는 만날 때에 떠날 것을 염려하는 것과 같이, 떠날 때에 다시 만날 것을 믿습니다.

아아, 님은 갔지만 나는 님을 보내지 아니하였습니다.

제 곡조를 못 이기는 사랑의 노래는 님의 침묵을 휩싸고 돕니다.

빼앗긴 들에도 봄은 오는가

이상화

지금은 남의 땅 – 빼앗긴 들에도 봄은 오는가?

나는 온몸에 햇살을 받고

푸른 하늘 푸른 들이 맞붙은 곳으로

가르마 같은 논길을 따라 꿈속을 가듯 걸어만 간다.

입술을 다문 하늘아, 들아

내 맘에는 내 혼자 온 것 같지를 않구나.

네가 끌었느냐, 누가 부르더냐, 답답워라 말을 해다오.

바람은 내 귀에 속삭이며

한자욱도 섰지 마라 옷자락을 흔들고

종다리는 울타리 너머 아씨같이 구름 뒤에서 반갑다 웃네.

고맙게 잘 자란 보리밭아

간밤 자정이 넘어 내리던 고운 비로

너는 삼단 같은 머리털을 감았구나, 내 머리조차 가뿐하다.

혼자라도 가쁘게 나가자.

마른 논을 안고 도는 착한 도랑이 젖먹이 달래는 노래를 하고

제 혼자 어깨춤만 추고 가네.

나비 제비야 깝치지 마라, 맨드라미 들마꽃에도 인사를 해
야지.

아주까리기름 바른 이가 지심 매던 그 들이라 다 보고 싶다.

내 손에 호미를 쥐어 다오.

살진 젖가슴과 같은 부드러운 이 흙을
발목이 시리도록 밟아도 보고 좋은 땀조차 흘리고 싶다.

강가에 나온 아이와 같이
짬도 모르고 끝도 없이 닫는 내 혼아
무엇을 찾느냐 어디로 가느냐, 웃어웁다, 답을 하려무나.

나는 온몸에 풋내를 띠고

푸른 웃음 푸른 설움이 어우러진 사이로

다리를 절며 하루를 걷는다. 아마도 봄 신령이 지폈나 보다.

그러나 지금은 들을 빼앗겨 봄조차 빼앗기겠네.

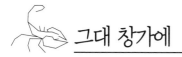

그대 창가에

그대와 함께 있고 싶어
그대 창가에 그림자를 드리웁니다.
설레는 이내 가슴 잠재우기 위하여
그대 창가에 그림자를 드리웁니다.

그대 곁의 진실과 진실을 벗하여
영혼으로 남고 싶어서
그대 창가에 그림자를 드리웁니다.

그대를 사랑하기에
그대 곁에서 영원히 떠나고 싶지 않습니다.
시간의 진실이 영원히 내 곁에서
그대 곁에서 함께하기를……

그리움

이용악

눈이 오는가 북쪽엔
함박눈 쏟아져 내리는가.

험한 벼랑을 굽이굽이 돌아간
백무선(白茂線) 철길 위에
느릿느릿 밤새어 달리는
화물차의 검은 지붕에

연달린 산과 산 사이
너를 남기고 온
작은 마을에도 복된 눈 내리는가.

잉크병 얼어드는 이러한 밤에
어쩌자고 잠을 깨어
그리운 곳 차마 그리운 곳

눈이 오는가 북쪽엔

함박눈 쏟아져 내리는가.

나와 나타샤와 흰 당나귀

백석

가난한 내가
아름다운 나타샤를 사랑해서
오늘 밤은 푹푹 눈이 나린다.

나타샤를 사랑은 하고
눈은 푹푹 날리고
나는 혼자 쓸쓸히 앉어 소주(燒酒)를 마신다.
소주(燒酒)를 마시며 생각한다.
나타샤와 나는
눈이 푹푹 쌓이는 밤 흰 당나귀 타고 산골로 가자.
출출이 우는 깊은 산골로 가 마가리에 살자.

눈은 푹푹 나리고
나는 나타샤를 생각하고
나타샤가 아니 올 리 없다.

언제 벌써 내 속에 고조곤히 와 이야기한다.
산골로 가는 것은 세상한테 지는 것이 아니다.
세상 같은 건 더러워 버리는 것이다.

눈은 푹푹 나리고
아름다운 나타샤는 나를 사랑하고
어데서 흰 당나귀도 오늘 밤이 좋아서
응앙응앙 울을 것이다.

황조가

유리왕

翩翩黃鳥 (편편황조)

雌雄相依 (자웅상의)

念我之獨 (염아지독)

誰其與歸 (수기여귀)

펄펄 나는 저 꾀꼬리

암수 서로 정답구나.

외로워라 이 내 몸은,

뉘와 함께 돌아갈까?

별 헤는 밤

윤동주

계절이 지나가는 하늘에는
가을로 가득 차 있습니다.
나는 아무 걱정도 없이
가을 속에 별들을 다 헤일 듯합니다.

가슴속에 하나둘 새겨지는 별을
이제 다 못 헤는 것은
쉬이 아침이 오는 까닭이요,
내일 밤이 남은 까닭이요,
아직 나의 청춘이 다 하지 않은 까닭입니다.

별 하나에 추억과

별 하나에 사랑과

별 하나에 쓸쓸함과

별 하나에 동경과

별 하나에 시와

별 하나에 어머니, 어머니.

어머님, 나는 별 하나에 아름다운 말 한마디씩 불러 봅니
다. 소학교 때 책상을 같이 했던 아이들의 이름과 패, 경,
옥, 이런 이국 소녀들의 이름과, 벌써 아기 어머니 된 계집
애들의 이름과, 가난한 이웃 사람들의 이름과, 비둘기, 강
아지, 토끼, 노새, 노루, '프랑시스 잠', '라이너 마리아 릴
케', 이런 시인의 이름을 불러 봅니다.

이네들은 너무나 멀리 있습니다.
별이 아슬히 멀 듯이.

어머님,
그리고 당신은 멀리 북간도에 계십니다.

나는 무엇인지 그리워

이 많은 별빛이 내린 언덕 위에

내 이름자를 써 보고,

흙으로 다시 덮어 버리었습니다.

딴은 밤을 새워 우는 벌레는

부끄러운 이름을 슬퍼하는 까닭입니다.

그러나, 겨울이 지나고 나의 별에도 봄이 오면,

무덤 위에 파란 잔디가 피어나듯이

내 이름자 묻힌 언덕 위에도

자랑처럼 풀이 무성할 게외다.

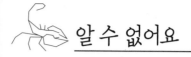

알 수 없어요

바람도 없는 공중에 수직의 파문을 내이며 고요히 떨어지는 오동잎은 누구의 발자취입니까.

지리한 장마 끝에 서풍에 몰려가는 무서운 검은 구름의 터진 틈으로 언뜻언뜻 보이는 푸른 하늘은 누구의 얼굴입니까.

꽃도 없는 깊은 나무에 푸른 이끼를 거쳐서 옛 탑 위의 고요한 하늘을 스치는 알 수 없는 향기는 누구의 입김입니까.

근원은 알지도 못할 곳에서 나서 돌뿌리를 울리고 가늘게 흐르는 작은 시내는 구비구비 누구의 노래입니까.

연꽃 같은 발꿈치로 가이 없는 바다를 밟고 옥 같은 손으로 끝없는 하늘을 만지면서 떨어지는 날을 곱게 단장하는 저녁놀은 누구의 시입니까.

타고 남은 재가 다시 기름이 됩니다. 그칠 줄을 모르고 타
는 나의 가슴은 누구의 밤을 지키는 약한 등불입니까.

12
월

사수자리

♐

무지개

월리엄 워즈워스

저 하늘 무지개를 보면
내 가슴은 뛰노라.
나 어린 시절에 그러했고
어른인 지금도 그러하고
늙어서도 그러하리.
그렇지 않다면 차라리 죽는 게 나으리!
아이는 어른의 아버지
내 하루하루가
자연의 숭고함 속에 있기를

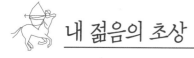

내 젊음의 초상

헤르만 헤세

지금은 벌써 전설이 되어 버린 먼 과거로부터
내 젊음의 초상이 나를 바라보며 묻는다.
지난날 태양의 밝음으로부터
무엇이 반짝이고 무엇이 불타고 있는가를.

그때 내 앞에 비추어진 길은
나에게 많은 번민의 밤과
커다란 변화를 가져왔다.
나는 그 길을 이제 두 번 다시 걷고 싶지 않다.

하지만 나는 내 길을 성실하게 걸어왔고

그 추억은 보배로운 것이었다.

잘못도 실패도 많았지만

나는 절대 그것을 후회하지 않는다.

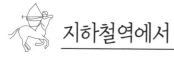

지하철역에서

에즈라 파운드

군중 속에서 유령처럼 나타나는 이 얼굴들,
까맣게 젖은 나뭇가지 위의 꽃잎들.

259

예언자_당신의 아이들은

칼릴 지브란

당신의 아이는 당신의 아이가 아니다.

그들은 스스로 주인인 생명의 아들딸이다.

그들은 당신을 거쳐서 왔으나

당신으로부터 온 것은 아니다.

그리고 그들은 당신과 함께 있지만

당신의 소유물은 아니다.

당신은 그들에게 사랑을 줄지언정

생각을 주어서는 안 된다.

그들의 정신은

내일의 집에 살아가도록 되어 있는 것이다.

당신이 그들을 사랑하는 것은 좋지만

그들이 당신을 사랑하도록 만들어서는 안 된다.

생명은 뒤로 물러가는 법이 없고,

어제에 머물러서는 안 되기 때문이다.

당신은 활이요, 그들은 화살이니

그들을 앞으로 나아가게 해야 한다.

황무지

토머스 엘리엇

사월은 가장 잔인한 달

죽은 땅에서 라일락을 키워 내고

추억과 욕정을 뒤섞고

잠든 뿌리를 봄비로 깨운다.

겨울은 오히려 따뜻했다.

잘 잊게 해주는 눈으로 대지를 덮고

마른 뿌리로 약간의 목숨을 대어 주었다.

슈타른베르크 호 너머로 소나기와 함께 갑자기 여름이 왔

지요.

우리는 주랑에 머물렀다가

햇빛이 나자 호프가르텐 공원에 가서

커피를 마시며 한 시간 동안 얘기했어요.

저는 러시아인이 아닙니다. 출생은 리투아니아지만 진짜

독일인입니다.

어려서 사촌 대공 집에 머물렀을 때

썰매를 태워 줬는데 겁이 났어요.

그는 말했죠. 마리, 마리, 꼭 잡아.

그리곤 쏜살같이 내려갔지요.

산에 오면 자유로운 느낌이 드는군요.

밤에는 대개 책을 읽고 겨울엔 남쪽에 갑니다.

이 움켜잡는 뿌리는 무엇이며,

이 자갈 더미에서 무슨 가지가 자라 나오는가?

인자여, 너는 말하기는커녕 짐작도 못 하리라.

네가 아는 것은 파괴된 우상 더미뿐

그곳엔 해가 쪼아대고 죽은 나무에는 쉼터도 없고

귀뚜라미도 위안을 주지 않고

메마른 돌엔 물소리도 없느니라.

단지 이 붉은 바위 아래 그늘이 있을 뿐.

(이 붉은 바위 그늘로 들어오너라)

그러면 너에게 아침 네 뒤를 따르는 그림자나

저녁에 너를 맞으러 일어서는 네 그림자와는 다른
그 무엇을 보여 주리라.
한 줌의 먼지 속에서 공포를 보여 주리라.

가시리

작자 미상

가시리 가시리잇고 나눈

ᄇᆞ리고 가시리잇고 나눈

위 증즐가 대평성ᄃᆡ(大平盛代)

날러는 엇디 살라ᄒᆞ고

ᄇᆞ리고 가시리잇고 나눈

위 증즐가 대평성ᄃᆡ(大平盛代)

잡ᄉᆞ와 두어리마ᄂᆞᆫ

선ᄒᆞ면 아니올셰라

위 증즐가 대평성ᄃᆡ(大平盛代)

셜온님 보내ᅀᆞᆸ노니 나눈

가시ᄂᆞᆫ 듯 도셔 오쇼셔 나눈

위 증즐가 대평성ᄃᆡ(大平盛代)

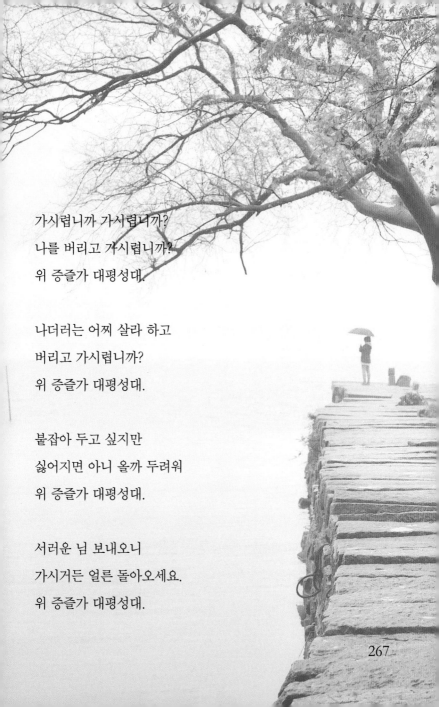

가시렵니까 가시렵니까?
나를 버리고 가시렵니까?
위 증즐가 대평성대.

나더러는 어찌 살라 하고
버리고 가시렵니까?
위 증즐가 대평성대.

붙잡아 두고 싶지만
싫어지면 아니 올까 두려워
위 증즐가 대평성대.

서러운 님 보내오니
가시거든 얼른 돌아오세요.
위 증즐가 대평성대.

267

동동

작자 미상

덕은 신령님께 바치옵고, 복은 님에게 바치옵고
덕과 복을 바치러 오십시오.
아으 동동다리,

정월 시냇물은 아아, 얼었다 녹았다 하는데
세상에 태어나서 이 몸이여, 홀로 살아가는구나.
아으 동동다리.

이월 보름에 아아, 높이 켜 놓은 등불 같구나.
만인을 비추실 모습이도다.
아으 동동다리,

삼월 지나며 피어난 아아, 늦은 봄 진달래꽃이여.
남이 부러워할 모습을 지니고 태어나셨구나.
아으 동동다리.

사월 잊지 않고 아아, 오는구나 꾀꼬리새여.
무엇 때문에 녹사님은 나를 잊고 계신지.
아으 동동다리.

오 월 오 일에 아아, 단옷날 아침 약은
천 년을 사시게 할 약이기에 바칩니다.
아으 동동다리.

유월 보름 유두일에 아아, 벼랑에 버린 빗 같구나.
돌아보실 임을 잠시 따라갑니다.
아으 동동다리.

칠월 보름 백중에 아아, 여러 가지 제물을 벌여 놓고
임과 함께 살고자 소원을 빕니다.
아으 동동다리.

팔월 보름은 아아, 한가윗날이지만
임을 모시고 지내야만 오늘이 뜻있는 한가윗날입니다.
아으 동동다리.

구 월 구 일 중양절에 아아, 약이라고 먹는 노란 국화
꽃이 집 안에 피니 초가집이 고요하구나.
아으 동동다리.

시월에 아아, 잘게 썬 보리수 같구나.
꺾어 버린 후에 나무를 지니실 한 분 없도다.
아으 동동다리.

십일월 흙바닥에 아아, 홑적삼 덮고 누우니
슬프도다. 사랑하는 임과 떨어져 홀로 사는구나.
아으 동동다리.

십이월 분지 나무로 깎은 아아, 소반 위의 젓가락 같구나.
임의 앞에 들어 가지런히 놓으니 손님이 가져다가 입에
뭅니다.
아으 동동다리.

행복

보리스 파스테르나크

저녁의 소나기는 씌워졌다.
정원에 의하여. 결론은 이렇다
행복은 우리들을 만나게 할 것이다.
구름 떼 같은 그런 괴로움에.

틀림없이 폭풍 같은 행복은
악천후를 씻어버린 여기저기 한길의
얼굴을 맞대고 있는
양지꽃의 환희 같은 그런 것이다.

거기서는 세계가 갇혀 있다, 카인처럼.
거기서는 변경(邊境)의 따스함에 의하여
스탬프가 찍히고 잊히고 헐뜯기고 있다.
그리고 나뭇잎에 의하여 천둥은 비웃음을 사고 있다.

그리고 하늘의 높이에 의하여, 물방울은 딸꾹질에 의하여
또 명료함에 의하여, 하물며
조그만 숲이 무수함에 있어서랴.
여러 개의 체가 전면적인 하나의 체로 합류된 것이다.

일단의 잎 위
용해된 꽃봉오리의 대양
상공에 기도를 하는 사람들의
휘몰아치는 숭배의 밑바닥

덤불의 응괴(凝塊)는 짜내어지지 않고 있다.
호색적인 솔잣새도 새장에 온통
인동덩굴이 별을 흩뿌리듯
그처럼 열정적으로 모이를 튀기지는 않는다.

한산섬 달 밝은 밤에

이순신

한산섬 달 밝은 밤에 수루(戍樓)에 혼자 앉아

큰 칼을 옆에 차고 깊은 시름 하는 차에

어디서 일성호가(一聲胡笳)는 남의 애를 끊나니.

경요(瓊瑤) – 그대 창가에

기욤 아폴리네르(Guillaume Apollinaire, 1880~1918) – 미라보 다리
프랑스의 시인이자 소설가. 작품으로는 소설 《썩어가는 요술사》 등이 있고, 시집 《동물시집》 《알코올》 《칼리그람》 등이 있다.

김기림(金起林, 1908~미상) – 바다와 나비
시인이자 문학평론가. 조선일보 기자로 입사해 재직 시 다양한 시를 발표하며 등단했다. 첫 시집 《기상도》는 주지주의 시로 평가받았다. 시집 《바다와 나비》 《새노래》 등이 있다.

김동환(金東煥, 1901~미상) – 산 너머 남촌에는
1924년 시 〈적성(赤星)을 손가락질하며〉를 《금성(金星)》지에 발표하면서 문단에 등단했다. 1925년 한국 최초의 서사시집으로 불리는 《국경의 밤》을 간행했다. 그의 시는 일제강점기라는 암담한 현실에 처한 민족의 설움을 노래한 것이 많다.

김상용(金尙鎔, 1902~1951) – 남(南)으로 창을 내겠소
시인 겸 소설가이자 번역문학가이다. 작품으로는 시집 《망향》과 소설집 《무궁화》 등이 있다. 〈남으로 창을 내겠소〉는 《문학》(통권 2호)에 발표되었고 그 뒤에 《망향》의 첫머리에 실렸다.

김소월(金素月, 1902~1934) – 금잔디 / 부모 / 산유화 / 엄마야 누나야 / 진달래꽃 / 초혼
1923년 일본에 유학했으나 9월 관동대지진으로 학교를 중퇴하고 귀국했다. 유일한 시집으로 《진달래꽃》이 있다. 전통적인 한의 정서를 민요적으로 표현했다는 평을 받고 있다.

김억(金億, 1895~미상) - 나의 사랑은
최초의 번역시집인 《오뇌의 무도》, 최초의 창작시집 《해파리의 노래》를 냈을 뿐 아니라 광복 전까지 20여 권의 시집을 발간하기도 하였다. 《창조》《폐허》 동인으로 참여하고 《개벽》《동광》《학생계》 등에 관여하여 문단 저널리즘의 정착에 기여하였다.

김영랑(金永郞, 1903~1950) - 돌담에 속삭이는 햇발 / 모란이 피기까지는
《시문학》 동인. 일제강점기 말에는 창씨개명과 신사참배를 거부했고 6·25 전쟁 때 서울을 빠져나가지 못하고 은신하다가 파편에 맞아 사망하였다. 작품으로는 《영랑시집》《영랑시선》이 있다.

나혜석(羅蕙錫, 1896~1948) - 인형의 노래
우리나라 여성 최초의 서양화가이자 작가이며, 근대적 여권론을 펼친 운동가였다. 단편소설 〈경희〉를 발표했으며, 1921년에는 서울에서 개인전시회를 가졌다.

노천명(盧天命, 1911~1957) - 사슴
〈밤의 찬미〉를 발표하면서 등단했다. 이후 〈눈 오는 밤〉 〈사슴처럼〉 등의 애틋한 향수를 노래한 시들을 발표했다.

두보(杜甫, 712~770) - 춘망
중국 당나라 중기의 관리이자 문인이다. 이백과 함께 중국의 최고 시인으로 꼽힌다. 저서로는 《두공부집(杜工部集)》이 있다.

라빈드라나트 타고르(Rabindranath Tagore, 1861~1941) - 동방의 등불
인도 시인. 뱅골 문예 부흥의 중심이었던 집안 분위기 탓에 일찍부터 시를 썼고 16세 때 첫 시집 《들꽃》을 냈다. 시집 《기탄잘리》로 1913년 노벨 문학상을 받았다.

라이너 마리아 릴케(Rainer Maria Rilke, 1875~1926) - 가을날
독일의 시인. 로뎅의 비서로 일하면서 예술적으로 많은 영향을 받았다. 시집으로는 《꿈의 관(冠)》《강림절》《나의 축일에》《두이노의 비가(悲歌)》 등이 있다.

레미 드 구르몽(Remy de Gourmont, 1858~1915) - 낙엽
프랑스의 문예평론가·시인·소설가. 상징주의 이론을 전개했으며 문예지 《메르퀴르 드 프랑스》에 평론을 발표했다. 주요 저서로 《가면집》《프랑스어의 미학》 등이 있다.

로버트 프로스트(Robert Frost, 1874~1963) – 가지 않은 길

미국의 시인. 농장 생활 경험을 살려 소박한 농민과 자연을 노래해 현대 미국 시인 중 가장 순수한 고전적 시인으로 꼽는다. J. F. 케네디 대통령 취임식에 자작시를 낭송했고, 퓰리처상을 4회 수상했다.

박영욱(朴永旭, 1967~) – 광주 서시

출판기획자로 입문하여 출판기획을 평생 직업으로 삼고 있다. 국내출판기획과 외서기획, 아동기획 등 다양한 분야를 넘나들며 1,000여 명의 국내 필자와 번역가를 발굴하였고 다수의 베스트셀러를 만들었다. 짓고 엮은 책으로《오즈의 마법사 컬러링북》《올빼미형 인간으로 승부하라》《즐거운 고3 부모가 만든다》《셜록 홈즈 컬렉션》《초등학생이 꼭 읽어야 할 전래동화》등이 있다.

박용철(朴龍喆, 1904~1938) – 떠나가는 배

잡지《시문학》을 창간해 등단했다. 시와 희곡들을 번역하였으며, 비평가로서 활약하기도 하였다. 대표작으로는〈떠나가는 배〉〈밤 기차에 그대를 보내고〉등이 있다.

박인환(朴寅煥, 1926~1956) – 목마와 숙녀 / 세월이 가면

《국제신보》에〈거리〉를 발표하며 창작 활동을 시작했다. 1949년 김경린·김수영 등과 함께《새로운 도시와 시민들의 합창》을 간행하면서 모더니즘 대열에 동참하였다.

백거이(白居易, 772~846) – 달밤에 친구는 오지 않고

중국 당나라 중기의 시인이다. 현존하는 작품은 3,800여 수이며〈장한가(長恨歌)〉〈비파행(琵琶行)〉등이 유명하다.

백석(白石, 1912~1996) – 국수 / 나와 나타샤와 흰 당나귀 / 남신의주 유동 박시봉방

조선일보 신춘문예에 단편소설〈그 모(母)와 아들〉이 당선되며 등단하였으며, 1936년 첫 시집《사슴》을 간행하였다. 주요 작품으로는〈통영(統營)〉〈고향〉등이 있다.

백수 광부의 아내 – 공무도하가

백수 광부의 처.

베르톨트 브레히트(Bertholt Brecht, 1898~1956) – 살아남은 자의 슬픔

독일의 시인·극작가·무대연출가. 제1차 세계대전 중에 위생병으로 육군병원에서 근무하였다.

제대군인의 혁명 체험의 좌절을 묘사한 《밤의 북소리》로 클라이스트 문학상을 수상하였다.

보리스 파스테르나크(Boris Leonidovich Pasternak, 1890~1960) - 행복
러시아의 시인·소설가. 1958년 노벨문학상 수상을 놓고 국외추방 위기에 놓이자 수상을
포기하였다. 대표작으로는 《닥터 지바고》 등이 있다.

샤를 보들레르(Charles-Pierre Baudelaire, 1821~1867) - 가을의 노래 / 여행에의 초대
19세기 후반 프랑스의 시인. 에드거 앨런 포의 작품을 번역·소개하였고, 랭보 등 상징파 시
인들에게 영향을 끼쳤다. 대표작으로 시집 《악의 꽃》이 있다.

서동요 - 서동
서동은 마를 비롯한 산약과 산나물을 캐서 생활을 이어가던 소년의 무리를 지칭하는데 초
동(樵童)·목동(牧童) 등을 뜻한다.

성삼문(成三問, 1418~1456) - 수양산 바라보며
조선 초기의 문신. 명과 요동을 왕래하면서 음운을 연구하여 세종의 훈민정음 창제에 큰 기
여를 했다. 단종 복위를 꾀하다 실패한 사육신 사건의 주역 중 한 사람이다.

세르게이 예세닌(Sergei Aleksandrovich Yesenin, 1895~1925) - 가을 들녘에서
러시아의 시인. 농촌의 자연과 생활을 노래한 섬세한 서정시와 민중의 역사를 취재한 반역
적 서사시 등으로 유명하여 '마지막 농촌 시인'으로도 일컬어졌다. 작품으로는 〈잘 있거라,
벗이여〉 〈소비에트 루시〉 〈안나 스네기나〉 등이 있다.

노옹 - 헌화가
신라 성덕왕 때 소를 몰고 지나가던 노인이 부른 4구체 향가이다.

신사임당(申師任堂, 1504~1551) - 어머니를 그리며
조선 중기 화가이자 문인으로 율곡 이이의 어머니이다. 〈산수도(山水圖)〉 〈초충도(草蟲
圖)〉 〈어하도(魚鰕圖)〉 등을 그렸다.

심훈(沈熏, 1901~1936) - 그날이 오면 / 봄비
소설가이자 시인. 농민 문학의 장을 여는 데 크게 공헌한 작가로 대표작은 소설 《상록수》,
우리나라 최초의 영화소설 《탈춤》 등이 있다.

아르튀르 랭보(Arthur Rimbaud, 1854~1891) – 지옥에서 보낸 한 철
19세기 프랑스의 시인. 조숙한 천재로 15세부터 20세 사이에 작품을 썼다. 작품으로는 〈보는 사람의 편지〉〈지옥의 계절〉 등이 있으며, 사후 시집으로 《일뤼미나시옹》이 있다.

에드거 앨런 포(Edgar Allan Poe, 1809~1849) – 애너벨 리
미국의 단편 소설가, 비평가이자 시인으로 미국 낭만주의를 대표하는 인물이다. 주요 작품집으로는 《황금 풍뎅이》《어셔가의 몰락》《검은 고양이》 등이 있다.

에밀리 디킨슨(Emily Elizabeth Dickinson, 1830~1886) – 추억으로부터 달아날 날개가 있다면
미국 시인. 자연과 사랑 외에도 청교도주의를 배경으로 한 죽음과 영원 등의 주제를 주로 다루었다. 2,000여 편의 시를 썼으나 생전에는 4편의 시만이 발표되었으며, 일부 평론가들 외에 대중의 주목은 받지 못했다. 사후 여동생이 시를 모아 시집을 출간하면서 널리 알려지게 되었다.

에즈라 파운드(Ezra Loomis Pound, 1885~1972) – 지하철역에서
가장 영향력 있는 20세기 미국 시인 중 한 명이다. 시집으로는 《페르소나》《캔토스》《꺼진 빛으로》 등이 있다.

윌리엄 버틀러 예이츠(William Butler Yeats, 1865~1939) – 이니스프리 호수 섬
아일랜드의 시인 겸 극작가. 1923년 노벨문학상을 수상하였다. 시집으로는 《오이진의 방랑기》《마이켈 로버츠와 무희》《탑(塔)》 등이 있다.

윌리엄 워즈워스(William Wordsworth, 1770~1850) – 무지개 / 초원의 빛
영국의 낭만파 시인. 1798년 공저인 《서정 시집》을 통해 영국 낭만주의 운동의 중심 인물이 되었다. 작품으로는 자전적 장시인 《서곡》 외에 《2권의 시집》《소요》 등이 있다.

유리왕(琉璃王, ?~18) – 황조가
고구려 제2대 왕(재위 BC 19~AD 18)으로 유리명왕이라고도 한다. 부여로부터 아버지 동명성왕을 찾아 고구려에 입국, 태자로 책립되고 동명성왕에 이어 즉위하였다. 재위 기간 활발한 정복전쟁으로 영토를 넓혔으며, 고구려 왕국의 초석을 다졌다.

윤곤강(尹崑崗, 1911~1949) – 꽃 피는 달밤에
《시학(詩學)》 동인으로 1934년을 전후하여 시단에 등장하였다. 시집으로는 《대지(大地)》

《만가(輓歌)》《동물시집》 등이 있다.

윤동주(尹東柱, 1917~1945) – 별 헤는 밤 / 서시 / 쉽게 씌어진 시 / 자화상 / 참회록
일제강점기 때의 시인. 일본에서 학업 도중 독립 운동을 했다는 혐의로 일본 경찰에 체포되어 복역 중 감옥에서 생을 마쳤다. 유고집으로 《하늘과 바람과 별과 시》가 있다.

이광수(李光洙, 1892~1950) – 애인
소설가이자 시인, 문학 평론가. 한국 최초의 근대 장편 소설 《무정》을 연재하여 소설문학의 새로운 역사를 개척하였다. 대표작으로는 《개척자》《흙》《마의태자》 등이 있다.

이백(李白, 701~762) – 산중문답(山中問答)
중국 당나라 시대의 시인. 두보와 함께 중국 역사상 가장 위대한 시인으로 꼽힌다. 현재 약 1,100여 수의 시가 남아 있다. 그의 시문학과 관련된 주제는 도교, 술 등이 유명하다.

이상(李箱, 1910~1937) – 오감도(烏瞰圖)
시인, 소설가. 작품 내에 수학 기호를 포함하고 문법을 무시하는 등 기존의 문학적 체계를 뒤엎는 새롭고 실험적인 시도를 하였다. 1930년대 한국의 모더니즘 문학을 개척한 대표적인 작가로 평가받고 있다.

이상화(李相和, 1901~1943) – 달아 / 빼앗긴 들에도 봄은 오는가
1922년 《백조》 창간호에 〈말세의 희탄〉을 발표하면서 문단에 등단했다. 주요 작품으로는 〈말세의 희탄〉 〈단조(單調)〉 〈가을의 풍경〉 〈나의 침실로〉 등이 있다.

이순신(李舜臣, 1545~1598) – 한산섬 달 밝은 밤에
조선시대의 장군. 임진왜란에서 수군을 이끌고 전투마다 승리를 거두어 왜군을 물리치는 데 큰 공을 세웠다.

이용악(李庸岳, 1914~1971) – 그리움 / 오랑캐꽃
《신인문학》에 〈패배자의 소원〉을 발표하며 문단에 등단했다. 작품에는 시 〈두메산골〉 〈구슬〉 등이 있고, 시집 《분수령(分水嶺)》《낡은 집》 등이 있다.

이육사(李陸史, 1904~1944) – 청포도 / 광야
시인이자 독립운동가로 윤동주, 한용운과 더불어 일제강점기의 저항 시인으로 유명하다.

《신조선》에 〈황혼〉을 발표하며 시단에 데뷔했다. 주요 작품으로는 〈청포도〉 〈절정〉 〈광야〉 등이 있다.

임화(林和, 1908~1953) – 우리 오빠와 화로
잡지 《학예사(學藝社)》 주간을 거쳐 카프에 가입. 〈우리 오빠와 화로〉 〈네거리의 순이〉와 같은 단편 서사시를 발표했으며, 1947년 월북했다.

잉게보르크 바하만(Ingeborg Bachmann, 1926~1973) – 유희는 끝났다(추락하는 것은 날개가 있다)
오스트리아의 여류시인. 1953년 '그룹 47'의 문학상을 받았다. 시집으로는 《유예된 시간》과 《큰곰자리에의 호소》 등이 있다.

자크 프레베르(Jacques Prevert, 1900~1977) – 내 사랑 너를 위해
초현실주의 작가 그룹에 속해 활약한 프랑스 시인. 국내에도 많이 알려진 샹송 '고엽'으로 유명하다. 시집으로 《스펙터클》 《비오는 날과 맑은 날》 《이야기》 등이 있다.

정몽주(鄭夢周, 1337~1392) – 단심가
고려 말기 문신 겸 학자. 《주자가례》를 따라 개성에 5부 학당과 지방에 향교를 세워 교육진흥을 꾀했다. 시문에도 뛰어나 시조 〈단심가〉 외에 많은 한시가 전해진다.

이직(李稷, 1361~1431) – 까마귀 검다 하고
고려 말 조선 초의 문신으로 조선 개국에 공헌했다. 왕자의 난 때에는 이방원을 도와 공신이 되었다. 저서로는 《형제시집》 등이 있다.

정지용(鄭芝溶, 1902~1950) – 유리창 / 향수
시인. 김영랑과 박용철을 만나 《시문학》 동인에 참여했으며, 시집 《정지용시집》 《백록담》과 산문집 《산문》 등을 저술했다.

존 던(John Donne, 1572~1631) – 누구를 위하여 종은 울리나
영국의 시인·신학자. 시집으로는 《세계의 해부》 《제 2주년의 시》 등이 있다.

주요한(朱耀翰, 1900~1979) – 빗소리
1919년 《창조(創造)》 동인으로 등단. 국회의원을 거쳐 4·19 혁명 후 장면 내각 때는 부흥

부장관·상공부장관을 역임했다. 시집으로는 《아름다운 새벽》 등이 있다.

처용(處容) – 처용가
처용랑(處容郎)이라고 불리는 신라 하대(下代)의 관리.
(처용의 신분에 대해서는 여러 가지 설이 분분하다. 실제로는 당시 울산 지방에 있었던 호족(豪族)의 아들이라고도 하고, 혹은 당시 신라에 내왕하던 아라비아 상인일 것이라는 추측도 있다.)

최남선(崔南善, 1890~1957) – 해(海)에게서 소년에게
사학자이자 문인. 최초의 잡지 《소년》을 창간했다. 1919년 3·1운동 때는 독립선언문을 기초하고 민족대표 48인 중의 한 사람으로 체포되기도 했다.

칼릴 지브란(Kahlil Gibran, 1883~1931) – 보여줄 수 있는 사랑은 아주 작습니다 / 예언자
철학자, 화가, 소설가, 시인으로 활동한 레바논의 작가. 현대의 성서라 불리는 영어 산문시집 《예언자》, 아랍어로 쓴 소설 《부러진 날개》 등의 작품으로 유명하다.

크리스티나 로제티(Christina Georgina Rossetti, 1830~1894) – 사랑하는 그대여, 나 죽거든
영국의 여류시인. 그녀의 시들은 제라드 맨리 홉킨스, 버지니아 울프 등과 같은 작가에게 큰 영향을 주었다.

토머스 엘리엇(Thomas Stearns Eliot, 1888~1965) – 황무지
시인, 극작가, 문학 비평가. 대표작 〈황무지〉로 1948년 노벨문학상을 수상한 현대시의 선구자이다.

파울 첼란(Paul Celan, 1920~1970) – 죽음의 푸가
루마니아 잡지 〈아고라〉에 처음으로 시를 실었으며, 첫 시집 《유골 항아리에서 나온 모래》와 7권의 독일어 시집을 남겼다. 브레멘 문학상, 게오르크 뷔히너상, 노르트라인베스트팔렌 예술대상을 수상했다.

알렉산드르 푸시킨(Aleksandr Sergeevich Pushkin, 1799~1837) – 삶이 그대를 속일지라도
러시아의 시인, 소설가. 외무성에서 관료생활을 하기도 했으나 농노제도 및 전제정치를 공격하는 시 〈자유〉 〈마을〉 등으로 인해 남러시아로 추방당하기도 했다. 그는 38세의 길지 않은 생애를 통해 희곡, 시, 소설 등 다양한 문학 장르에 걸쳐 풍부하고 다채로운 문학 세계를 펼쳐 보였다.

프리드리히 횔덜린(Friedrich Holderlin, 1770~1843) – 반평생
독일의 시인으로 신학과 철학을 공부하였다. 고대 그리스를 동경하여 낭만적·종교적 이상
주의를 노래한 그의 시는 오늘날 높은 평가를 받고 있다. 작품으로는 소설 《히페리온》, 미
완성 비극 《엠페도클레스》, 시 〈하이델베르크〉 〈라인강〉 〈빵과 포도주〉 등이 있다.

하인리히 하이네(Heinrich Heine, 1797~1856) – 노래의 날개 위에 / 로렐라이
독일의 시인. 낭만주의와 고전주의 전통을 잇는 서정시인인 동시에 반(反)전통적·혁명적
저널리스트였다. 시집으로 《시집》 《노래의 책》 《로만체로》 등이 있다.

한용운(韓龍雲, 1879~1944) – 님의 침묵 / 복종 / 사랑 / 알 수 없어요
독립운동가, 승려, 시인. 시집 《님의 침묵》을 출판해 불교 혁신과 저항문학에 앞장섰다. 주
요 저서로 《조선불교유신론》 등이 있다.

허난설헌(許蘭雪軒, 1563~1589) – 아들의 죽음에 울다
조선 중기의 시인으로 특히 한시에 능하였다. 한시에 〈유선시(遊仙詩)〉, 가사 작품에 〈규
원가〉 〈봉선화가〉 등이 있고, 유고집으로는 《난설헌집》이 있다.

헤르만 헤세(Hermann Hesse, 1877~1962) – 내 젊음의 초상
독일의 소설가이자 시인. 주요 작품으로 《수레바퀴 밑에서》 《데미안》 《싯다르타》 등이 있다.

헨리 워즈워스 롱펠로(Henry Wadsworth Longfellow, 1807~1882) – 인생찬가
미국의 시인. 유럽의 시적 전통, 특히 유럽 대륙 여러 나라의 민요를 번안·번역했다. 시집
으로 《그 후》 《판도라의 가면과 다른 시》 등이 있다.

홍사용(洪思容, 1900~1947) – 나는 왕이로소이다 / 흐르는 물을 붙들고서
시인. 《백조》의 동인에 참가하여 〈백조는 흐르는데 별 하나 나 하나〉 〈나는 왕이로소이다〉
등을 발표하였다.

황진이 – 동짓달 기나긴 밤을
조선시대의 기생이자 시인. 서경덕, 박연 폭포와 더불어 송도삼절로 불렸다. 한시와 시조에
뛰어났으며, 시조 6수가 《청구영언》에 전한다.

작자 미상 – 가시리 / 동동 / 나비야 청산 가자 / 청산별곡 / 정읍사